文春文庫

太陽の棘《とげ》

原田マハ

文藝春秋

目次

太陽の棘　5
解説　佐藤優　262

太陽の棘

Under the Sun and Stars

私たちは、互いに、巡り合うとは夢にも思っていなかった。
――スタンレー・スタインバーグ

None of us was prepared to meet.
――Stanley A. Steinberg

特別に何もすることのないうららかな午後、デスクの前の椅子に腰かけて、その海を眺めるのが、私はことのほか気に入っていた。

私がいま眺めているのは、一枚の海の絵だ。デスクの真向かい、暖炉の上の壁に掛かっている。十四年まえ、この場所に診療所《クリニック》を移したとき、真っ先に飾って、以来、そこにある。私のオフィスの顔のような存在だ。

フレームは古ぼけて埃がたまっているものの、絵の輝きは不思議なほどみずみずしいままだ。六十年以上もまえに描かれたものとは、とても思えない。絵の具がまだ乾き切っていないようにすら見える。触れれば、指先が青く染まってしまうような気さえする。

緑と青との二色に、おおまかに分けられた絵。緑は豊かな島の大地を示し、青は無限の広がりを秘めて静かに広がる海を表している。少し毛羽立った、けれどリズミカルな筆致は、さざ波の上で跳ねている太陽の光を、大地を豊かに覆う夏草を、そのあいだをかき分けて通り過ぎる風を感じさせる。

この海は、はるかな沖縄の海。この大地は、島を染め上げる緑の大地だ。

この絵を眺めていると、私はいつも、心地よく開け放った窓の近くでのびのびと横たわっているような気分になる。

心も、体も、二十四歳だったあの頃の自分に、ふいに還ったかのように感じることもある。一瞬で移動して、首里《しゅり》の小高い丘の上に佇んでいるような。老いぼれて最近あまり融通が利かなくなった体を、心がいっとき忘れたがっているのかもしれない。

風が、吹いている。南西風だ。絵の窓から吹いてくる風は、少し湿ってあたたかい。その風に吹かれているうちに、とろりと眠気が額の上に下りてくる。

典型的な小春日和《インディアン・サマー》が、ここのところ続いていた。もっとも、この街《サンフランシスコ》は、いつも機嫌のいい天候に恵まれている。さほど暑くない夏と、たいして寒くない冬。太陽も、この街の上を通過するときには、ちょうどよく熱量を加減してくれているかのようだ。

午前中は霧深く寒々しい色をたたえたこの街の海と、私がいつも間近に眺めている絵の中の海とは、ずいぶん違う。色彩も、輝きも、荒々しさも。同じ海とは思えぬほどに、それらは異なっている。

それなのに、この街の海が、あの島の海に繋がっているのだと気づくたびに、胸の奥がかすかに疼く。まるで、小さな棘《とげ》が刺さっていることをふいに思い出すかのように。

デスクの上の内線電話が鳴った。二、三回、目を瞬かせてから、私はおもむろに受話器に手を伸ばした。

『お休み中でしたか、ドクター・ウィルソン？』

秘書のアンジーだった。このクリニックに勤続十四年になる彼女は、患者のアポイントメントが入っていないこの時間、私が居眠り常習犯になっていることをお見通しなのだ。

「お察しの通りだよ、アンジー」と私は、悪びれずに答えた。

「この時間はどうも眠くていかん。コーヒーを一杯、所望したいんだが」

『ええ、わかっています。ただいまドリップ中ですよ』

心得たものだ。アンジーは、続けて言った。

『ミスタ・ロバート・クロフォードから電話がありまして、明日の午前十一時に診察を受けたいと……ここのところ気分が落ち込んでしまって、なるべく早く診ていただきたいとのことなんですが、その時間、ミズ・ローリー・ヘスマンのアポイントが入っています。どうしましょうか？』

「ミズ・ヘスマンに電話を入れてくれるかな。三十分遅らせてもらえないかと。前回の受診のときに、次回は明日の十一時か十一時半で、と言っていたからね。おそらく、聞き入れてくれるだろう」

わかりました、とアンジーが応えて、電話を切った。

重たい腰を両手で支えながら、立ち上がる。そのまま、そろそろと窓辺へと歩み寄る。最近、膝の調子が悪く、ようやく歩くありさまだ。それでも、歩かなければ歩けなくなるぞと自分に言い聞かせて、勤務中も一時間に一度はこうして立ち上がり歩くことを心がけている。

窓のブラインドを上げると、晩秋の風景が現れた。

明るい黄土色の葉を残すプラタナスの木立のあいだに、かろうじて海が見える。サンフランシスコ湾《ベイ》の断片だ。プラタナスの木をいっそ伐採してしまえば、もっと大きなベイの風景が望めることだろう。けれど黄葉はここから見える風景の主役なのだから、そうはいかない。

この小高い丘の上——プレシディオ・オブ・サンフランシスコに精神科の診療所《メンタル・クリニック》を開設してから、かれこれ十四年になる。

このあたり一帯は、長らく軍事施設があった場所だが、一九九四年に「ゴールデン・ゲート国立保養地《ナショナルリクリエーションエリア》」の一部となり、広大な公園、博物館などの公共施設、一般の居住地域などが設けられた。

この地域が整備されてすぐ、友人の若い心療内科医たちに、共同で一軒家を借りて「シェアクリニック」にするから参加しないかと誘われた。私はダウンタウンのビルの一室でクリニックを開業していたが、空調がきついのとオフィス然とした空間に不満があったので、すぐさまそこを畳み、こちらへと移ってきた。

湾岸沿いのドイル・ドライブを車で走れば、ゴールデン・ゲート・ブリッジがフロントガラスに迫ってくる。橋に至る手前、丘へと続く路へ入っていくと、ファンストン・アヴェニューにたどり着く。よく刈り込まれた芝生のアプローチの向こうに、白いペンキ塗りの木造二階建ての家がある。そこが、私たちのシェアクリニックだ。

テラスには、古びたロッキングチェアが忘れ去られたように置いてある。開業当時に、仲間の心療内科医が、祖母から譲り受けたと言って運び入れ、そのときのまま、そこにある。ぺしゃんこにつぶれたキルトのクッションが、座面に載っている。ときおり吹きつける潮風が、チェアをかすかに揺らしている。

ここへやって来た患者は、まずテラスを通って、インターフォンを押す。ドアのセキュリティロックが外れ、中に入ってすぐのデスクに、受付の女性、つまり私たち医師同盟の共通の秘書、アンジーが座っている。そこで名乗れば、アポイントを入れている医師の部屋へと案内してくれる。

廊下にはいくつかのドアがあり、ドクターの名前が小さなプレートに刻印されて付けられていた。「Edward A. Wilson, M.D.」のプレートがあるドアが、私のオフィスの入り口だ。

私のオフィスは、こぢんまりとした書斎のように作ってある。病院の診察室のような無表情さは努めて排除した。入ってきた者には、それが誰であれ親しく語りかける、そんな雰囲気を作りたいと、最初にここを見たときに思ったからだ。

この部屋に初めて足を踏み入れた患者の多くは、視線を落ち着きなくさまよわせる。心になんらかの傷を負っている人は、相手の顔をじっとみつめることができないことがよくある。自分の向かい側に座っているのがドクターであれば、なおさらだ。患者のさまよう視線が落ち着きを取り戻せるようにと、私は部屋のあちこちに絵を掛けた。沖縄の海の絵は、その中の一枚だ。

まったく関心を示さない人もいれば、絵がお好きなんですね、とごく自然に言ってくれる人もいる。クリニックの待合室や診察室に絵が掛けてあるのは珍しいことではないが、この部屋には、容量オーバーともいえるほど、たくさんの絵がある。それが患者の関心を引いたなら、私はいつだってすなおに喜ぶ。

静物画、人物画、風景画——果物の絵、女性の絵、海の絵、草原の絵。生真面目にこちらをみつめている、軍服を着た若者の肖像画。丸眼鏡の奥で眼光を光らせている、日本人の芸術家の自画像。さまざまな絵が、部屋の中に掛けてある。軍服の肖像画は、私自身がモデルになったものだった。暖炉の上に掛かっている海の絵と同じくらい、気に入っている作品だ。

ここにある絵は、幾人かの異なった画家たちが描いたものだった。日本人——というか、沖縄人、といったほうがいいかもしれないが——とにかく、沖縄の、とある場所に棲みついていた、生粋の沖縄生まれの画家たちから、私が譲り受けた作品である。

私自身も、学生の頃からずっと絵を描いていた。医者ではなく、画家になりたかったのだ。けれど私は、ごく現実的な人間だった。無邪気に夢をみるのが苦手だったのかもしれない。結局、早々に画家になるのをあきらめ、祖父と父がそうだったように、医者になる道を志したのだった。

それでも、十二歳で始めた油絵を、八十四歳の現在まで続けているのだから、我ながら大したものだと思う。妻をとうに亡くした独居老人の趣味である。どんなに床を汚そうと、誰にも文句を言われない。

しかしながら、私の描いたものは、オフィスの壁に並べるわけにはいかない。巧くないのだ。この作品たちと比べると、どうにも劣るのだ。だから、自宅の倉庫にこっそりしまい込んである。

デスクの後ろの壁には、かごを頭に載せている南国ふうの女性の肖像画がある。ゴーギャンの描いたタヒチの女のようにも見えるが、あの頃の沖縄の女性たちは、こんなふうに大きなかごを頭に載せて、土埃の路を悠然と歩いていたものだ。もっとも、現在の沖縄には、こんないでたちの女性はいないだろう。サンフランシスコのダウンタウンを闊歩する女の子たちと変わらないファッションで、島の女の子たちも国際通り《メインストリート》を楽しげ

地だった。

に歩いているのだろう。

私は、かつて、軍医だった。そして、最初で最後の赴任先が、戦後まもない沖縄の基地だった。

もう六十年もまえのことだ。二十四歳、医学修士号を取り立ての身分で、尻にまだ殻がくっついているようなヒヨッ子だった。臨床経験もほとんどないと言っていい。そんな若造が、戦後の混乱のただ中にあった沖縄に赴任すべく、通達を受けた。

ずいぶん乱暴な話だ。けれど、それほどまでに、かの地を統治していた「琉球列島米国軍政府」は切羽詰まっていたのだと、いまならわかる。

そこで、私は、この絵の数々を——いま現在、私のオフィスの室内を明るく照らしてくれている絵の数々を描いた画家たちと、出会ったのだ。

軍医として出向いた沖縄で、どうして画家などと出会ってしまったのだろうか。

そう、彼らは画家だった。精神を病んだ兵士ではない。身も心も傷ついた市民でもない。セザンヌのごとく、ゴーギャンのごとく、誇り高き芸術家たちだった。

彼らと出会ったあの瞬間を思い出せば、いまでも自然と微笑してしまう。

私たちは、森の中で見知らぬ生き物に遭遇したかのように、はっとして、互いの顔をみつめ合った。

誰だ、あいつは？　見たこともないような、珍しい人間だ。

さあ、どうする。なんと声をかけよう？

いやいや、声をかけちゃだめだ。ひと声、発すれば、たちまち逃げてしまう。そっと近づいて、笑いかけよう。ゆっくり、ゆっくり、手を伸ばして、つかまえるんだ。

大きくてうつくしいトンボをみつけた少年のように、彼らの瞳はきらきらと輝いていた。きっと、私も同じ瞳をしていたことだろう。

私たちは、互いに、巡り合うとは夢にも思っていなかった。それなのに、巡り合ってしまった。

そして、そのときは、あの出会いが私の人生を後々まで照らす光になろうとは――あるいは、いまも思い出せばかすかに胸の奥底を刺す青春の棘になろうとは、思いもよらなかった。

この年齢になると、最近のことは、まったくおかしなぐらい忘れがちだ。けれど、昔のことほど鮮明に覚えている。古い記憶になればなるほど、まるでこの瞬間に、自分がその時間を生きているかのように思い出せる。

絵画なら、時が経つほどに色褪せるものだ。しかし、人間の記憶は逆だ。年をとるほどに、鮮やかになる。

あの島の風景の、色も、かたちも、匂いも、湿り気も――そして軍服の半袖からむき出しになっていた腕に、ちりちりと噛みつく太陽の熱も、すべて、いま、ここで体験しているかのように、私は感じている。

窓の向こうの晩秋の風景も、悪くはない。しかし、プラタナスの木立に挟まれたサンフランシスコ・ベイのかけらは、絵になるほどではない。

転ばぬように気をつけながら、デスクへと戻る。椅子に座れば、私の目の前には、豊かな沖縄の海が広がっている。私は、背もたれにゆったりと体を預けた。

ヴェールのように淡い眠りが、再び、うっすらと額に下りてくる。まぶたの裏に浮かぶ風景を、私は追いかける。

水平線を見渡す丘の上で、私たちは、イーゼルとカンヴァスを並べた。パレットの上の絵の具を溶かすほど、強い日差しが降り注いでいた。

あの日の海。あのときの風。息が止まりそうにまぶしい大地。真上に高々と昇った太陽。

エド、と私を呼ぶ声がする。

あの声は、タイラの声だ。いまはもういない、友の声だ。

——エド。この絵を、連れてってくれ。あんたと一緒に。

そうして、私は、眠りに落ちた。満たされた午後の、ごく短い眠りに。

1

遠く轟く雷鳴のような鈍い物音がして、私は目を覚ました。

いったい、いま、自分がどこにいるのか。思い出すのに二秒とかからなかった。

私が目覚めた場所は、米軍輸送機の貨物室。貨物のあいだに無理矢理はめ込んだ三席並びのシートに座っている人間は、私ひとりだった。

私以外の乗客として、犬が一匹。見事に引き締まった体のグレイハウンドが、ケージに入れられて、じっと臥せっている。

シートベルトもないのに、彼は、律儀に床に這いつくばったままだ。離陸直後には興奮して吠えまくっていたが、水平飛行に入ったとたん、いまのポーズで動かなくなった。さすがは、大尉殿《キャプテン》の愛犬だ。

かすかな雷鳴が間断なく響いている。機体が、ガタガタと小刻みに揺れていた。乱気流に突入したのだろうか。私は頭を軽く振って、薄暗い灯りが点る機内を見回した。

やがて、ゴロゴロゴロ、と雷鳴のような音を轟かせながら、缶詰がひとつ、足下に転がってきた。私はそれを取り上げると、目を見開いて、表示を読もうと努力した。カーキ色の軍用缶詰の蓋に、「PORK & BEANS 26/11/1945」と見てとれた。いくら空腹でも、三年もまえのポークビーンズには食指はぴくりとも動かない。

コックピットのドアが、いきなりバタンと開いた。私は、はっとして前を向いた。

「おい、生きてるか、ドクター・エド・ウィルソン？」

副操縦席のパイロットが振り向き、大声で訊いた。

「はい、サー。生きてます」生真面目に私は答えた。

「もうすぐ着くぞ。ちょっと気流が悪い。あんた、乗り物酔いするほうか」

「いいえ、サー。そうでもありません」

「そんなら、いい。間違ってもそのへんに吐かんでくれ。掃除が大変なんだから。でも、あんた医者だから、具合が悪くなったら自分で診察できるよな」

「はあ……」私は、気の抜けた返事をした。

「なんだよ。自分で自分を診察できるのか、できないのか。どっちなんだ、ええ？」

「できます、できます」私はあわてて答えた。「できますとも、サー」

「最初っからそう言ってくれよ、ドクターなんだから。しっかり腰ひも結わえとけよ。あと十分で着陸だ」

そう言って、パイロットはバタンとドアを閉めた。が、すぐにまた開いて、

「おイヌさまの調子はどうだ？　あんた、イヌも診れるのか？」

「はい。……いえ、いいえ、サー。私は人間専門です」

しかも、精神科が専門だ。

「ケチくさいこと言うなよ、おんなじほ乳類だろ。いざとなったら診てやってくれよ。あんたは京都からの短距離だけど、そいつは本国の軍事施設《プレシディオ》からの長旅なんだ。大尉殿ご自慢の愛犬なんだからな。頼むぜ」

もう一度、乱暴にドアを閉めた。

私は、大尉殿の犬を見た。不安そうなまなざしを私に向けているが、暴れる様子はない。これから会うことになる私の患者が、皆、彼のようにおとなしければいいのだが。

ともあれ、私は、シートベルトをしっかりと装着し直した。

一九四八年、世界をまっぷたつに引き裂いた、あの戦争が終わって三年が経過していた。

私が在沖縄アメリカ陸軍の従軍医任命の通達を受けたのは一九四六年五月。スタンフォード大学医科大学院《メディカルスクール》を修了する直前のことだった。

そのとき、私には、卒業と同時に結婚しようと約束していた婚約者がいた。生涯の伴侶を得て、穏やかに凪いだ新たな人生の海原へと出航しようとしていた矢先に、やむな

く帆《セイル》を下ろさざるを得なかった。私の任期終了まで、結婚は延期されることとなったのだ。

卒業後、まずはサンフランシスコにある軍の施設で研修を受けた。そののち、いよいよ赴任となったわけだが、私の日本上陸の第一歩は、沖縄ではなく、京都に印された。新米医師をいきなり沖縄に放り込むのは、さすがに荒っぽ過ぎるとの上層部の判断だったのだろうか。戦時中に空爆を受けず、古刹が残されたうつくしい街で、私は一年間の臨床経験を積むこととなった。

赴任の通達を受けてから、すでに二年が経過した六月のある日、じめじめと雨の降る色のない古都から、ついに私は出立した。まだ見ぬ場所、けれど、とうの昔から行くことが運命づけられていたかのごとき土地――沖縄へ。

機体は激しく上下に揺れ、固定ベルトが緩んで積み荷のいくつかは床に転がり落ちた。私の革のトランクは、モルヒネやカンフル剤が入った大きな医療用輸送箱の奥に挟まれていたので、びくともしないようだった。

さすがに気分が悪くなり、胃液が上がってきそうだったが、そんなこともあろうかと丸一日絶食していたので助かった。床を汚しでもしたら、診察ではなくて機内の掃除が沖縄での最初の任務になってしまうことだろう。

大尉殿の犬が立ち上がって、ワウウ、アウウ、と情けない声を上げ始めた。人間だって怖いくらいだ、犬にしてみれば、地獄に突き落とされる気分だろう。

「大丈夫、大丈夫だよ」と私は、犬に向かって話しかけた。

「僕らは飛んでなんかいない。空間移動してるだけだ。大丈夫だよ、地獄になんか行かない。安心して」

犬を相手にしながら、私は自分を懸命に落ち着かせようとした。

腕時計の針は午前五時少しまえを指していた。貨物室には当然窓はなく、外が暗いのか明るいのかもわからない。

そういえば、沖縄にも「梅雨」があるのだろうか。京都は、六月になってから梅雨に見舞われて、じめじめと長雨が続き、蒸す夜もあった。

故郷の街も海に近く湿気はあったが、蒸し暑い夜などは一年を通してほとんどない。京都では気候の違いに辟易したが、沖縄は京都の比ではないだろう。

激しい上下の振動がふっと収まり、機体はいかにも風を切っているという感じで、左右に大きく揺らいだ。それから、ドスンと衝撃が走った。その拍子に、積み荷がさらに数個、床に転がり落ちた。輸送機は轟音を上げてしばらく走り、やがて速度を落として、ようやく停止した。

私は息を放った。それで、その瞬間まで無意識に息を詰めていたことに気づいた。大尉殿の犬を振り返って、私は言った。

「着いたぞ。もう大丈夫だ」

私の言葉がわかったかのように、犬は立ち上がるとしっぽを振って、ひと声吠えた。

貨物の中にすっかり紛れてしまった自分のトランクを引っ張り出すと、私は、手ぐしで髪を撫でつけ、軍服のシャツの裾を引っ張って伸ばし、緩めていたネクタイを締め直した。基地の兵卒か、軍病院の同僚の出迎えがあるかもしれない。とにかく、第一印象が大切だ。そりゃあ自分は若造ではある。それでもなんでも医師なのだから、威厳を醸し出さなければ。

バタン、とコックピットのドアが開いて、パイロットが「生きてるか、ドクター？」とまた訊いた。

「はい。生きてます、サー」私は敬礼して見せた。パイロットはにやりと笑って、

「あんた、こっちから出てくれ。けつのほうからは荷下ろしするから。で、トランクじゃなくておイヌさまをお連れしてくれるか。ケージから出して」

いまや心を通わせた大尉殿の犬を連れ出すべく、私は恐る恐るケージを開けた。犬はしっぽをちぎれんばかりに振って、おとなしくリードを着けられ、私の後に付き従った。

操縦席近くのドアが勢いよく開けられた。湿った生暖かい空気が、たちまち私を包み込んだ。

夜明けだった。見渡す限り、さえぎるものは何もない。荒野のような基地の飛行場の

上に広がる空は次第に青みがかり、東の方角はほのかなオレンジ色に明るみつつある。草原をかすめて吹きくる風は、潮の香りを含んでいた。私はこうべを巡らせて、新しい日を迎える力がみなぎった空と大地をいっぱいに眺めた。

タラップの下には、三人の兵卒が並んで待っていた。私の姿を見ると、皆、いっせいに敬礼をした。私は少なからず面食らってしまった。

年齢も体力も経験も、おそらくは勇気も、明らかに私より上回っている兵卒たちに、かくも律儀な出迎えをしてもらうとは。あらためて、自分のこれから為すべき仕事に身が引き締まる思いがした。

犬のリードを引いて、私はタラップを下りた。そして、いちばん手前の兵卒に向かって、握手をしようと手を差し出しながら、にこやかに語りかけた。

「お出迎えありがとうございます。エドワード・ウィルソンです。このたびは……」

兵卒は、私が差し出したほうではない手から、犬のリードを奪い取ると、言った。

「犬の出迎えにきたんだよ」

三人は、踵《きびす》を返すと、犬を引き連れて、さっさと行ってしまった。私は、ぽかんとして、その場に突っ立っていた。

「ぐずぐずすんなよ、ドクター。輸送機《こいつ》をいまから格納庫に引っ張っていくんだ、そんなとこに突っ立ってると轢き殺されるぞ」

タラップを下りてきたパイロットが、私の背中を叩いて言った。

「あんた、さすがに自分で自分の検死はできないだろ？」

私は、首を横に振った。

「いいえ、サー。……さすがにできません」

おかしさがこみ上げてきた。たまらずに、私は、声を出して笑ってしまった。


琉球米軍医療局士官――つまり軍医チームの宿舎は、広大な那覇基地の一角にあった。ベニヤ板の壁とトタン屋根で作られているアーチ型の仮兵舎《コンセット》が、これからの数年間、私が寝起きする場所となるのだ。

あんたの宿舎はたぶんあっちだ、とパイロットが指差した方角に向かって、革のトランクとドクターバッグを両手に提げ、私は歩き続けた。

コンセットが延々と並ぶ横を通過するうちに、日が昇った。正面から照りつける日差しは、サンフランシスコや京都のそれとはあきらかに違った。宿舎にたどり着くまえに、軍服は汗でぐっしょり湿ってしまった。

コンセットには出入り口に番号がついていた。私の宿舎は「75」だった。ようやくその番号をみつけたとき、遠くで起床ラッパが鳴り響いた。宿舎内では、私の同僚たちが、タイミングよく目を覚ましてくれた。

「やあ、よく来てくれたな。おれは、ウィル・ザバック。第三十四陸軍病院の精神科軍医長《チーフ》だ」

すぐさまベッドから立ち上がって、ウィルは私と握手をかわした。ほかに三人、精神科医ばかりが集まっていた。テッド・ネルソン、ジョン・エイブル、アラン・ウォータース。皆、二十代だが、私がいちばん年下だった。最も年長のウィルは二十九歳で、沖縄に勤務して丸二年が経過したということだった。

「サンフランシスコから来たのかい。実家、どのへんにあるんだい？」

大あくびをして、テッドが尋ねた。ブロンドの髪が寝癖でくしゃくしゃになっている。とても医者には見えないな、と思いながら、「ノブ・ヒルだけど……」と答えた。

「あっそう。ノブ・ヒルね」くしゃくしゃの髪をばりばりと掻いて、もっとくしゃくしゃにしている。

「知ってるの？」と訊くと、

「いや、知らない。おれ、シアトルの出身だし」と言う。

「おれはL.A.《ロサンゼルス》の出身だけど、サンフランシスコはまだ行ったことないな」と、ジョンが言った。

「ヴェニス・ビーチの近くにおれの実家があるんだ。海が近くて快適だぜ。ここも海辺だから、いいかと思ったんだけどな……天と地の差だよ。あんた、L.A.には来たことあるかい？」

「いや。残念ながら」即答すると、

「なんだよ。つまんねえな」ジョンが、いかにもつまらなそうに返してきた。

「いま、本国《あっち》はどんな感じだい？　ずいぶん景気がいいらしいね。サンフランシスコあたりじゃ、レストランとか映画館とか、新しいのがいっぱいできて、にぎやかなんだろ？」

今度は、アランが訊いてきた。彼は四人の中でいちばんおとなしそうだったが、丸眼鏡の奥の目は、新入りの同僚に対する好奇心で輝いていた。すぐに着替えと新しいタオルを手渡してくれた彼に、私は好感を持った。

「そうだね。戦前に比べれば、自由な感じになったかな。新しい店なんかもどんどんできて、活気づいていると思うよ。でも、僕はここにくるまえは、ずっと大学に通うためにパロ・アルトにいて、それから京都の軍病院で一年研修していたんだ。だから、いま現在のサンフランシスコがどんな感じか、わからないけど」

「へえ。パロ・アルトってことは、君、スタンフォード大学出身かい？」

アランがいっそう目を輝かせた。そうだよ、と答えると、

「いいなあ。あそこ、憧れだったんだ。経済的な事情で、行けなかったんだけどね」

ポートランド出身のアランは、地元の大学の医学部で精神医学を学んだという。沖縄には八ヶ月前に派遣された。直前には、横田基地で研修を受けたということだった。

「京都にいたのかあ。いいなあ。いっぺん、行ってみたいところだよ。日本にいるあいだに……」

アランは、うらやましそうな声で言った。戦前から日本の文化に興味があったのだという。十代のときに「源氏物語」の英訳版を読んで、感銘を受けたのだと。

「源氏物語」という小説のタイトルを、私は初めて聞いた。千年もまえの日本の宮中の物語なんだと、アランは嬉々として語り始めた。

「いいかげんにしろよ、アラン」

ウィルがあきれたような声を出した。

「日本にいるあいだに京都に行きたい、なんて言っても無理な話だろう。ここ、ここは日本じゃないんだからな」

ひやりとした。

そうだった。沖縄は、日本ではない。いまは、アメリカの占領下にある。自治政府はあるものの、ここは紛れもなく「アメリカ」なのだ。

私たちは連れ立って食堂へ出かけた。兵卒の朝食時間は朝七時からと決まっていたが、医師チームを含む士官は七時から八時のあいだに取ることができた。

食堂のあるコンセットへと到着したときには、すでに食堂内は満席だったが、士官用の席は「予約」されているので、私たちはどうにか着席することができた。

食堂の中にはずらりと長テーブルが並び、天井では扇風機がぜいぜいと息切れしているような音を立ててめまぐるしく回っていた。窓は全開になっていたが、男たちでいっぱいの室内は窒息しそうなほど暑い。がまんできず、ネクタイをむしり取ってしまった。

パンとコンビーフと野菜炒めが朝食のメニューだった。昨夜京都を発ってから初めて口にする食べ物は、胃の腑が熱くなるほどうまく感じられた。

「うまい」と私は、思わず声に出して言った。

「この野菜炒めは……ちょっと苦いけど、なんだろう」

「ゴーヤーっていうんだ」アランが、親切に教えてくれた。

「タマネギとトウフと一緒に炒めてるこの料理、僕も好きなんだ。この苦いのが、なかなかいけるだろ?」

軍の厨房で働いているのは、地元の一般人ということだった。彼女たちは缶詰ばかりでなく、地元の食材も使って料理をする。そういう工夫がなかったら、長い駐留には誰も耐えられないだろうとアランは言った。

「料理人は女性なのかい」と訊くと、

「なんでも、沖縄の男は料理をしないらしいよ。下ごしらえなんかは男性スタッフがやってるらしいけど、陣頭指揮を取ってるのは『ナビー』っていうおばさんだよ」

アランはそう説明してから、

「でもまあ、料理しないのは、アメリカの男も一緒だけどね」と付け加えた。

カウンターのほうを見ると、食事が終わった兵卒たちが、「ナビー、ありがとう」「うまかったよ、ナビー」と声をかけていく。食堂を去るとき、私も真似て、「ありがとう、ナビー」と言ってみた。小太りの浅黒い顔のおばさんが、顔をくしゃくしゃにして、サンキュー、と英語で返してくれた。

朝食後、チーフのウィルに連れられて、私の上司となるエブラハム・エセックス陸軍医療大隊長に挨拶に出向いた。彼は、私が勤務することになる第三十四陸軍病院ほか、いくつかの軍病院の院長でもあった。

「ネクタイ、ちゃんと着けとけよ」と、ウィルが促した。「新任医師は、じっくり観察されるぞ」

忠告に従って、私はネクタイを締め直した。これから勤務のあいだじゅうこのスタイルかと思うと、うんざりする。

すでに太陽は高々と昇り、気温もぐんぐん上がっていた。沖縄には梅雨はないのかとウィルに尋ねると、きのう終わったようだと答えが返ってきた。

「梅雨のあいだは、延々と雨が降るんだ。でもまあ、台風に比べれば、まだいい。コンセットを持っていかれないだけましってもんだ」

「え?」と私は驚いた。「どういうことですか?」

「猛烈な暴風雨が吹き荒れるんだ。それで、コンセットが根こそぎ吹っ飛ばされるんだよ」

私は絶句した。

「まさか。それじゃ、家具や所持品はどうなるんですか」

「全滅に決まってるだろ。所持品どころか、人命も危ないくらいなんだから……」

私が青くなるのを見て、ウィルは釘を刺した。

「沖縄をなめたらひどい目に遭うぞ。覚悟しとけよ」

エセックス院長の住居兼オフィスは、やはり基地の敷地内ではあるものの、他の将校と同様、アメリカ式2×4《ツーバイフォー》の規格住宅だった。ネクタイをきっちりと締めた軍服姿の院長は、朝のコーヒーを飲んでいるところだった。私たちにも勧めてくれ、三人でソファに腰を下ろしてコーヒーを啜った。少し粉っぽかったが、ひさしぶりに飲むコーヒーは沁みるようなうまさだった。

「スタンフォードの医科大学院《メディカルスクール》出身か。師事した教授は誰だね?」

私の経歴書《シー・ヴィー》を片手で持ち、目を通しながらエセックス院長が訊いた。

「シドニー・アダムズ教授です。精神病理学では第一人者なのですが……」

専門が違えばまったく知らないだろうと思いながら、私は答えた。すると、

「ああ、シドか。よく知ってるよ。ボート・クラブの先輩だ」

院長が意外なことを言った。彼もまた、スタンフォード大出身の外科医だったのだ。

エセックス院長は、地元であるサクラメントで個人病院を父とともに経営していたが、第二次世界大戦が始まってすぐ、従軍医として徴用された。以来、前線で医療チームの指揮を執り、経験豊かな医師として重んじられてきた。沖縄へは、終戦後に赴任した。アメリカ軍政府の公衆衛生部長、W・スミス軍医中佐に声をかけられたということだった。

「君も聞いていると思うが、スミス中佐は沖縄の市民のためにさまざまな努力をしておられる。とにかく、医者がいないからね、この島には。急病人が出れば、兵隊だろうが市民だろうが分け隔てなく、本人も参加して診察にあたっているよ。そんなこともあって、私も、ときおり一般市民を診察しているんだ」

私は、驚きを隠せなかった。軍の規律では、軍医は軍人のみを診察することになっているし、私もそう教えられてきた。どうやら、沖縄では、少々事情が異なるようだ。

「とはいえ、おおっぴらにはできないがな。精神科であれば、なおさらだが」と、院長はひと言添えた。

「君たち軍属の精神科医の使命は、外科医や内科医とは明らかに違う。外科ほど緊急性

はなく、内科ほど一般的でもない。しかしながら、君たちの患者は、なかなかやっかいな状況にある。……言ってみれば、とにかく『救い』を求めている。ひとくせもふたくせもある軍人たちだ」

私は、唾を飲み込んだ。ごくりと喉が鳴った。

わかっている。彼らがどういう体験をしてきたか。何をしでかしたか。あるいは、何をしでかそうとしているか……。

死闘の末に沖縄を占領したアメリカ軍は、何も悠々と勝者の玉座にふんぞり返っていたわけではない。兵士たちは傷つき、心を病んでいた。

沖縄戦を闘い抜いた兵士たちの多くは、役目を終えて本国へ送還されたが、そのまま「琉球米軍」の兵士となって残留した者もいた。彼らの疲弊は、想像を絶するものだった。

精神を病んだ兵士の中には、アルコールに溺れ、薬物に手を出して、気を紛らわそうとする者もいる。その結果、暴力沙汰を起こしたり、うつ状態に陥って兵役につけなくなったりすることもある。

彼らが引き起こすアクシデントが、軍内部でのことならば、まだなんとかなる。怖いのは、一般市民を巻き込むケースだ。

アメリカ軍が沖縄を占領してから、そういった事件が数え切れないほどあるらしいということを、赴任まえに聞かされていた。そのすべてが明るみに出たら、いかに戦勝国とはいえ、アメリカ軍が沖縄を占領するのは、生き残った市民たちのためであり、ひいては日本を東アジア諸国の脅威から守るためだという大義名分が通用しなくなるだろう。

そんなに重要なことなら、手だれの精神科医をこそ投入すべきだろう。しかし、社会的地位もあり、数多くのカルテを管理して、少なくない税金を払っている一流の医師に、極東の「矢面」に赴任して、埃と汗にまみれた荒くれ者たちに精神安定剤を処方してやってくれとは、さすがに命令できなかったのだろう。軍司令部が沖縄赴任に選んだのは、私のような医科大学院を出たての、大人のいうことをよくきく優等生だった。

「とにかく、タフな仕事だ。君自身の精神も健全に保って、任務に励んでくれ」

おだやかな物言いだったが、院長のまなざしには厳しさがあった。弱音を吐くことは決して許されないのだと、その瞬間に私は悟った。

研修で学んだことなど何の役にも立たぬような現実が、もうすぐそこで私を待ち受けている。

院長のオフィスを辞して、外に出た瞬間、私は思わずため息をついた。

多くの戦場を体験し、数々の地獄を目にしてきた上で、いまここに存在している者のみが持ち得る圧倒的な威厳が、エセックス院長にはあった。私は、その重々しさに打たれる思いがした。

病院に向かわなければならない時刻のはずだったが、私の緊張を見てとったのか、「一服していこうぜ」と、ウィルは私を木陰にいざなった。

軍服の胸ポケットからタバコを取り出し、「吸うか?」と私のほうへ差し出した。一本口にくわえると、ジッポーでその先に火をつけてくれた。

ひさしぶりに吸ったタバコは、体の隅々までを痺れさせた。煙をふかしているうちに、少しずつ、気分がほぐれていくのがわかった。

私たちの頭上には、豊かな緑の枝葉が広がり、真っ赤な花が宝石のように輝いていた。サンフランシスコ近辺では見たこともないような、いかにも亜熱帯らしい枝ぶりに、「うわあ、ずいぶん立派な木ですね」と、私は少しおおげさに感嘆してみせた。

「デイゴという木だ。このへんに何本か生えてるよ」

ウィルは、つまらなそうに応えた。しかし私は、色のない基地に晴れ晴れとした花を咲かせている木があることを、うれしく思った。

「きれいな花だなあ。街なかにも、今頃は花が咲いているんでしょうか」

サンフランシスコのジグザグの坂道、ロンバード・ストリート沿いに乱れ咲くアジサイの花を思い浮かべながら、何気なく尋ねた。

ウィルはちらりと私のほうを見て、ふーっと煙を吐き出した。

「馬鹿だな。なんにもないよ、街なかには。何もかも吹っ飛んだのさ。台風じゃなくて、戦争で」

私は、とっさに何か返そうとして、苦笑いをした。返す言葉がみつからなかった。

沖縄に到着して、まだほんの数時間しか経っていなかった。

この地がどんな運命を背負った場所なのか、そこでどれほど凄惨な闘いがあったのかも、私は、現実の出来事として受け止めてはいなかった。

「そのへんをほじくり返せば、新鮮な人骨が出てくる。そういう土地なんだよ、ここは」

ふん、と鼻で嗤うと、ウィルはタバコを足下に投げ捨てた。

「行くぞ」

デイゴの木陰から一歩踏み出すと、太陽が容赦なく私たちに照りつけた。

殴りつけるような、痛いくらいの日差し。数メートル歩いただけで、軍服がじっとりと背中に張りつくのを感じる。

壊れた楽器のようなセミの大合唱に、なんの合図だろうか、遠くで高鳴るラッパの音が重なって聞こえていた。

乾いた大地に、陽炎が揺らめいている。その中を、土埃を上げて、いくつかの小連隊が突っ切っていくのが見えた。

ちょうど三年まえのその日、沖縄戦が終結した。

私がそれを知ったのは、翌朝のことだった。

2

京都から沖縄に到着して、またたくまに七日間が過ぎた。

到着後すぐに仕事が始まり、あわただしい毎日を送っていた。慣れないことだらけだったし、いろいろ考えさせられることも多かったが、ひとつひとつのことについて深くかかわっていられるほど、私たち軍医には時間も余裕もない、というのが現実だった。

私が配属された第三十四陸軍病院は、大きめのコンセットがその施設になっていた。精神科診療所の「診察室」と「待合室」は、間仕切りで隔てられ、三つある「診察室」はカーテンで仕切られただけのものだ。つまり、診察の様子は周辺に筒抜けだった。精神科の診察は、本来、プライバシーを何より重視する。しかしここではプライバシーも何もあったものじゃない。私たち医師が配慮して、できるだけ小声で話したところで、患者のほうが大声で答えるものだから、結局はどうしようもない。

軍病院には百名近い医師と看護婦、衛生兵が所属し、沖縄全土の各基地に配属されている。内科、外科、歯科、眼科、耳鼻咽喉科、そして精神科。精神科には看護婦は配属されておらず、男だけのチームだ。

第三十四陸軍病院の精神科医は、チーフドクターのウィル以下、テッド、ジョン、アラン、そして私の五人だ。皆、私と似たような年代で、私と同じように医科大学院を卒業後に望まずしてこの土地に赴任させられたということだった。ウィルだけは、故郷のミネソタの病院で三年ほど勤務経験がある。「それだけでチーフにされちまった」と、本人は迷惑がっているようだ。

アラン・ウォータースは、日本に対して特別な思い入れを持っている。彼は、ハイ・スクール時代に、地元きっての秀才だった友だちの家に遊びに行って、どうしてそんなに頭がいいのか、その秘密を知ろうともくろんだそうだ。友だちの父親は、アジア文学の研究者だった。父親は書斎にアランを招き入れ、思う存分蔵書を検分させてくれた。そこで彼は、「源氏物語」という、世にも優雅な日本の古典文学と出会ったという。それ以来、日本は彼にとって憧れの国になった。だから、太平洋戦争でアメリカが日本と戦わなければならなくなったことが、彼にとっては相当なショックだったらしい。

アランは独学で日本語を学び、少し話すこともできる。が、そのことは周囲には打ち明けなかった。日本人捕虜を尋問するための通訳にでもさせられたら、きっと耐えきれないと思ったからだそうだ。

そこまで日本びいきなのだから、沖縄に赴任することができて、彼が喜んでいるかといえば、そうではない。なぜなら、ここは「沖縄」で、「日本」ではないからだ。本国からはるか六千マイルの彼方にあっても、ここは紛れもなくアメリカの一部なのだ。けれど、私には、この場所が、日本でもアメリカでもない、世界中のどこにも所属しないし、地図の上にも存在しない——まるで絵空事のような場所のように思われてならない。

私の故郷、サンフランシスコの穏やかで涼しげな空。毎朝、この場所で見上げる空が、あの街の空に繋がっているとは、とても想像できない。ここの空の、張り裂けそうな青さ。じくじくと湿った空気、熱波とともに舞い上がる土埃。日の出とともに始まる、壊れた楽器のような、幾千万のセミの声。こんな赤があるのか、というほど赤い花。何もかもが、大仰で、派手で、デリカシーがなく、かすかに狂気を含んでいるような……。

京都に駐在していたときは、私の気持ちにはずいぶん余裕があった。街が醸し出す風情のせいもあっただろう。散策すれば、はっとするような佇まいの古寺や町家がそこここにあった。人々は奥ゆかしく、軍服を着て歩く私と目が合えば、小さく会釈をしたり、道を譲ってくれたりもした。好奇心いっぱいの子供たちは、私の後をついて歩いて、キャンディをねだった。街なかを流れる川沿いに腰掛けてスケッチなどすれば、たちまち多くの子供たちに囲まれた。石畳の路地で、美しい着物を纏った芸者とすれ違うこともあった。

京都の人々は、不思議なほど私にやさしかった。あるいは、たとえ我々に憎しみや恐れを感じたとしても、それを完璧に隠しおおせる深い闇を、彼らは持ち合わせていたのかもしれない。

翻って、沖縄はどうだろう。――まだよくわからないというのが、正直なところだった。

研修ではなく、実質的な仕事をここで始めた私には、川辺に座ってスケッチをするような余裕は、もはやない。街なかに繰り出してもいない。出かけたところで、たいしたものは「残っていない」と、ウィルに意地悪く忠告されたからだ。戦争で何もかも吹き飛ばされ、焼き尽くされたと。古寺や町家はもちろんのこと、着物を纏った芸者なんて、血眼になって探したってどこにもいやしないと。

この地に着任して一週間、ようやく非番になったというのに、私には基地を出ていく勇気がなかった。この外に、いったい、どんな世界が広がっているのか、この目で確かめてみたい気持ちもある。けれど、もしも、想像を絶するような風景が広がっていたら――そしてそれが、とてもじゃないがスケッチしたい気分にはなれないような風景だったらと思うと、臆病な私の心は、一歩踏み出そうとする足にブレーキをかけてしまう。

けれど私には、勇気を取り戻せるとっておきの切り札があった。

もうすぐ、自家用車が到着するのだ。赴任先での「必需品」として、父に送ってもらった最新型のポンティアック。文通相手との初対面を待つように、私は、車の到着を待ちわびていた。

それさえあれば、どこにでも行ける、どんな冒険だって可能だ。たとえ「何も残っていない」土地であっても、ポンティアックで走りさえすれば、そこに道を見出せる。そんなふうに、思っていた。

そしてその道は、きっとどこかに続いているはずだ——。

「よお、お坊ちゃま。パパからすげえギフトが届いてるぞ」

診察を終えて、宿舎となっているコンセットへ戻ると、その日非番だったジョンが、にやついた顔つきでそう言った。

ジョンとアランと一緒に、すぐにパーキングへ出向いた。途中から、自然と駆け足になってしまった。「走らなくたって、誰も持っていきゃあしないよ」とジョンが後ろで声を上げていたが、駆け出さずにはいられなかった。

埃まみれでカーキ色が白っぽく見える軍用車の中にあって、それはまるで貴公子のように光り輝いて見えた。ポンティアック１９４８シルバーストリーク、真っ赤なオープンカー。私は、柄にもなく、ヒャッホウ、と叫び声を上げて、ビニールが被せられたままの真新しいシートに飛び乗った。

「まったく、とんだお坊ちゃまだぜ。『必需品』として本国からこんなものを送ってもらおうだなんて、どんな偉いドクターだって思いつきもしないっての」

ジョンが、心底呆れたように言った。アランは、艶やかなルビー色の車体をていねいに撫でて、

「すごいなあ。こんなきれいな車、本国でも見たことないよ。沖縄で見るなんて、なんだかおかしな感じだね」

「お前んちはポートランドのど田舎だからな」ジョンが意地悪く言った。

「おれんちの近所じゃ、ポンティアックなんざ自転車とおんなじくらい、そのへん普通に走ってるぜ。ヴェニス・ビーチあたりじゃ、同じコンバーチブルでも、キャデラックに乗ってなきゃ田舎者扱いされるくらいだ」

「ふうん。じゃあ君は、別に、この珍しくもなんともない車に乗っけてもらわなくってもいいってわけだ」

アランが言うと、

「当然だろ。でもまあ、どうか乗ってください、っていうんなら、乗ってやっても構わないけど？」

アランと私は、笑いを噛み殺した。ジョンは、つんとすましていたが、やがて、私の肩に親しげに手をかけて、

「いや、でも、まあ、ちょっと乗ってみようかな。おれが乗って最高だって思えば、これ、最高のクルマってことになるわけ。な。いいだろ?」

私たちは、次の休日に、揃ってこの貴公子に乗り、那覇探検に出かけることを約束した。

沖縄の軍病院に赴任して十日。七月の太陽が照りつける中を、毎朝、早足で出勤する。余裕を持って出かけ、周囲の風景を眺めながら、ゆっくり通勤を楽しむ——なんてことはとてもできない。できるだけ自室に留まりたかったから、出かけるのはいつもぎりぎりだったし、のんきに外を歩いていたら、強烈な太陽に焼き殺されてしまいそうなのだ。

宿舎から病院までは、基地の中を歩いて十五分。歩道脇には、ところどころ、熱帯ふうの木が勢いよく葉を茂らせ、濃い影を落としている箇所もあった。その影に助けられながら、どうにか診察室にたどり着いたときには、軍服のシャツが汗で背中にべっとりと張りついているありさまだった。

診察は、基本的には予約制だったが、突発的に患者が運び込まれるケースもある。その多くが、酒を飲み過ぎたか、おかしなクスリをやったかで、とにかく、突然わめき出したり、物を壊したり、周囲に暴力を振るったり、暴れて手をつけられない状態になり、仲間にどうにか押さえつけられ、縄やシーツでぐるぐる巻きに縛り上げられて、あるいは担架にベルトで全身を固定されて、診察室に運び込まれるのだった。

「殺せ、殺せ！　ぶっ殺せ！　おれは殺人鬼だ、人殺しなんだ！　おれを殺さないとひどい目にあうぞ！　いまのうちに、ぶっ殺してくれ！」

そんな物騒なことをわめき散らす輩もいれば、

「帰りたいよう。帰りたいよう。ママ、僕もうだめだ、こんなところにいたくない。このまま死ぬのはいやだよう。怖いよう。ママ、ママ、ママあ」

涙と鼻水で顔をぐしょぐしょにして、息もできないほど泣き続ける父《と》っつぁん坊やもいる。

「なんだよ、その注射。おれを殺そうってのか。あんた、誰だ。わかった、特殊部隊のメンバーだな。人体実験しようってんだな。そうだろ、隠したってだめだ。わかってんだよ、おれには」

精神安定剤を打とうとすると、いっそう暴れて騒ぎ立てる患者もいた。

急患が運び込まれれば、精神科のメンバー全員で対処した。睡眠薬や精神安定剤で鎮めたあとは、誰が担当医になるかを検討した。患者のケースを注意深く分析して担当医を誰にするか決める、というのではなく、担当患者を何人抱えているか、でチーフのウィルがバランスよく配分する。新任の医師だからといって、私の担当患者は徐々に増やしてやろうなどという配慮は、まったく期待できなかった。

そんなわけで、私は、着任早々、実にさまざまな患者に接することになった。

臨床研修では決して出会うことのなかった、切実で、逼迫した症状の患者も数多くいた。仮病が疑われる者もいた。本国に帰りたい一心で、「おかしくなってしまった」ふりをするのだ。しかし、よほどおかしな行為に出ない限りは、本国への帰還はそう簡単には許されない。「ここ自体、監獄みたいじゃねえか」とある患者は毒づいていた。

特に多かったのはアルコール依存症の患者だ。ドラッグは厳しく規制されていた——それでもどこからか入手して依存症になる者もいた——が、アルコールはさほど厳しく取り締まられていない。憂さを晴らすには飲酒が手っ取り早かったのだろう。溺れるほど飲んで、心身を病むケースは後を絶たなかった。

病院には、外科や内科ばかりでなく、精神科の入院病棟も併設されていた。周囲に危害を与えかねないほど重症な患者は、入院して、脱出しないよう、ベッドにベルトで固定された。いかにも哀れだったが、仕方がなかった。一日に一度、入院病棟を回診するのも、私たちの重要な仕事だった。

着任時、できる限りひとりひとりの患者に真摯に向き合って、それぞれのケースにていねいにあたり、患者の心に寄り添っていこう、と決心していた。

心の病は、実態をつかむのが難しい。解決できることも、できないこともある。けれど、きっと改善はできる。そう信じることが大切です。大丈夫、あなたはきっとよくなります。私がお手伝いしますよ。――そんなふうに患者に声をかけることができる、毅然としてヒューマニズムを失わない医師であることを心がける……つもりだった。

「ドクター、なんとかしてよ。もう、おれ、こんなとこ、ヤなんだよ。まっぴらごめんだ。もうすぐ戦争始まっちまう。けっ、日本の次は朝鮮かよ。かんべんしてくれ。ああ、帰りてえ。ああ、故郷《クニ》に帰りてえ」

診察のあいだじゅう、ぶつぶつ、ぶつぶつ、文句をたれっぱなしの患者。

「寝ても覚めても、顔が出てくるんです。顔が……ああ、沖縄人の、おれが殺した人たちの顔。血だらけで、脳みそが半分、こう、頭からぐしゃっとこぼれ出て。子供を抱いた、母親もいたんです。おれ、手榴弾を投げた。防空壕《ガマ》の中に。頭とか、腕とか、いろんな体の部位《パーツ》が、ドカン！　って、ばらばらに飛び出てきて……ああ、ドクター。おれもあのとき、死んでしまえばよかったんだ」

何度も自殺未遂を繰り返す、沖縄戦以来この地に駐留している兵士。

「ドクター、また戦争、始まっちゃうんですかね。今度は誰と戦うのかな。朝鮮人ですか。中国人ですか。日本人じゃないよね。日本人を殺すのは、厭なんだ。僕は、沖縄が好きだ。この土地が気に入っているから、誰も殺したくないんです。戦争は厭だ。僕は、断固戦争反対なんです」

上官にも仲間にも、「戦争反対」と言えず、心を病んでしまったやさしき若者。汗だくになって、次から次へと診察をこなしながら、ふと、思う。

この人たちの言っていることは、どれもこれも、まっとうじゃないか。誰ひとり、おかしなことを言ってなどいないんじゃないか。

それなのに、私は、通り一遍の問診をして、処方箋を出し、しばらく安静にするように、そしてまた兵役に励むようにと忠告をする。ひとり、診察室から送り出し、またひとり、受け入れる。事務的な問診、処方、忠告。ただ、その繰り返し——。

「戦争はまだ終わってないんじゃないかと、僕は思うよ」

二度目の非番が回ってくる日の前夜、一度もエンジンをかけていないポンティアックのシートに乗り込んで、星を眺めていた。

隣に、アランがいた。私たちは、生ぬるいコカ・コーラを手に、ドライブの前夜祭としゃれこんだのだった。

夜になれば、昼間の暑さが嘘のように引いた。多少蒸し暑くはあったが、外に出れば、潮の匂いがする風が吹き、降るような星空がどこまでも広がっていた。私は、アランとともに、夜風を求めてコンセットを出た。夕食後、眠りにつくまでのわずかな時間。ようやく人心地がつくひとときだった。

おそらくここでしか見られない星座を夜空に探しながら、アランが口にした独り言のような言葉を、私は受け止めた。

戦争は、まだ終わっていない。そう想像することは、正直、怖かった。

「どうして、そう思うんだい？」

私の問いに、アランは、「そう思わないかい？」と訊き返した。

「毎日、診察してるとさ。戦争を望んでいる兵士なんか、ひとりもいないんじゃないかって思うんだ。でも、彼らは、毎日毎日、戦わされてる。仮想敵とね。いつでも臨戦態勢でなかったら、現実に戦争が始まったとき、前線に出ても使いものにならないだろ」

アランは、星空に向かって、大きなため息をひとつ、放った。

「『戦争は終わってなどいない、お前たちは戦争のさなかにいる』って、彼らは洗脳されている。だから僕は、彼らを診察するたびに、ああ、戦争はやっぱりまだ終わってないんだな、って思うんだよ」

私は、何も応えずにいた。黙って、南の島の星座を探していた。

カシオペア、ヘルクレス、へびつかい。そんな星座があるかもしれない。けれど、幾千万のきらめく星々の中に埋もれてしまってか、星座はついにみつけられなかった。

一九四五年の夏のこと。戦争が、終わった。

終戦した日、私は大学の研究室にいた。

スタンフォード大学の医科大学院生だった。大学の近くの学生寮に住み、精神科医となるために勉強と実習に励んでいた。幸運なことに、医科大学院生は徴兵に引っかからなかった。

私も、私の仲間たちも、皆、在学中でぐずぐずしているうちに戦争が終わればいいと願っていた。そうすれば、前線に送り込まれなくて済むからだ。友人たちと一緒に、くる日もくる日も、新聞やラジオから流れる戦況について分析したものだ。あとどれくらいで戦争が終わるか。南方諸島や沖縄での激戦の模様がレポートされるたびに、口にこそ出しはしなかったが、頼むから早く終わってくれと祈らずにはいられなかった。

これ以上犠牲者を増やしたくない、などと、天使のような心持ちで祈っていたわけではない。激戦のケリがつかず、にっちもさっちもいかなくなって、しょうがないから医者の卵も前線に送り出そう、などということになってしまったら、たまらないからだ。精神科でも医者は医者だ、破れた腹を縫い合わせることくらい実習でやっただろう？と言われかねない。毎日、気が気ではなく、生きた心地がしなかった。

研究室で、治験の準備をしていたときだったと思う。さわやかに晴れ渡り、突き抜けるように青い空が広がっていた。そう、夏休みだったが――医科大学院の学生は、特別に実習を続けさせられていた。ヒナたちを一刻も早く独り立ちさせるための、特別なプログラムということだった。

ノックもなしにドアが開いて、私の担当教授、シドニー・アダムズ先生が血相を変えて研究室に入ってきた。そのとき、私と仲間たち、四、五人がいたと思う。先生は、物も言わずに、猛烈な勢いでひとりひとりの手を取ると、握手をして回った。最後に私の手を握ると、「終わった」とつぶやいた。そして、私の目を見て、はっきりと言った。

「日本が降伏した。アメリカが勝利したぞ！」

恩師の目は興奮で血走っていた。いつも落ち着き払った彼のそんな目を見たのは初めてだった。だから、ほんとうにアメリカが勝利した、夢じゃないんだと、私はすぐに信じることができた。

その頃、私にはガールフレンドがいた。マーガレット・パッカード。スタンフォードの法科大学院に通っていて、私たちはキャンパスのカフェで、共通の友人を介して知り合った。その名の通り、可憐で、花のようないい匂いのする、きれいな娘だった。

弁護士を目指す女性は、当時はまだ稀少だった。才色兼備、良家の子女たる彼女が、なぜ私のような男に興味を持ったのだろうか。医学書や画集と四六時中会話して、趣味は絵を描くことだという、生ちょろい男が、どういうわけだか彼女の好みだったからだ。「そういう人がタイプなの」と、あとから本人が教えてくれたのだから、間違いない。

彼女の父親は全米屈指の著名弁護士で、スタンフォード大にほど近いビルのワンフロアに事務所を構え、一流企業や地元の名士を顧客にしていた。そして、良妻賢母を絵に描いたような母親。彼女の家庭は、ホームドラマに出てくるような、とても恵まれた、誰もがうらやむような家庭だった。

戦時中、多くの女性は軍需工場へ働きに出ていた。そうやって後方支援するのがアメリカ女性の義務だと、政府も盛んに奨励した。が、マーガレットは働きにはいかなかった。父親は高額納税者で、彼女も名門大学院で法律の勉強をしている。軍需工場で働く義務はどこにもなかった。

彼女は「軍事」や「後方支援」といった言葉を嫌っていたし、もっと言えば、戦争そのものを嫌っていた。平和に暮らす国民の権利をいやおうなしに奪う徴兵制にも異論を唱えていた。もちろん、声高にそんなことを言えるご時世ではない。私とふたりきりのとき、こっそり意見を言うに過ぎなかった。戦争反対などとキャンパスで声を上げたら、アナーキストのレッテルを貼られて、即投獄だ。おとなしく善良な市民を装っていなければならないことくらい、彼女は理解していた。

「終戦の日」の翌日の夜、私は浮かれ足でマーガレットの家を訪ねた。パッカード夫妻から、戦争終結のお祝いのディナーをするので、ぜひ来てほしいとお誘いを受けたのだ。

私たちの仲は、幸運なことに、双方の両親公認だった。パッカード氏は、ぬかりなく私の出自《バックグラウンド》について調べていた。大事なひとり娘、自分の跡取りとも考えている娘を任せるにふさわしい男かどうか。

私の家は、祖父の代からサンフランシスコで内科医をしていた。弁護士というのは、医者という職業が好みのようだ。私がマッチョな趣味——射撃とか飲酒後のドライブとか——を持っておらず、絵画のたしなみがあるというのも、彼の気に入ったようだ。そんなわけで、どちらからともなく、私たちは、大学院を卒業したら、それぞれに、医者と弁護士になり、結婚をするものと意識していた。——そう、そして、戦争が終わったとしたら、より確実に。

ドアが開いて、マーガレットの輝くような笑顔が現われた。彼女は、何も言わずに、すぐさま私に抱きついた。私も、何も言わずに、彼女を抱きしめた。彼女のブロンドの髪からは、いつも以上にいい匂いがした。花の冠を被っているかのように。

「終わったのね」彼女が言った。

「終わったんだよ」私が呼応した。

これから自由な世の中になるんだ。何もかも新しく始まるのね。そんなふうに、私たちは、お互いの耳もとで囁き合った。

医科大学院生の私と、法科大学院生の彼女が、戦時中、どれほど不自由だったかといえば、そうでもなかった。けれど、完璧に自由な世の中を謳歌していたかといえば、それも違う。日常生活には、さまざまな制限があった。

日用品、特に食物には配給制度が導入されていた。砂糖、ケチャップ、バター、チーズ、ガソリン。肉を食べずに家庭菜園《ヴィクトリー・ガーデン》で作った野菜を食べたほうが健康にいい、などと政府が盛んにベジタリアンを推奨していた。〈節約せよ。そうすれば、兵士たちは満たされる〉のポスターが、キャンパス内にも貼ってあった。

その日の夜、マーガレットの家での晩餐のテーブルを、私は彼女の家族とともに囲んだ。テーブルの上には、丸々としたチキンの丸焼きが載っていた。闇市で買ってきたものに違いなかったが、奥ゆかしいパッカード夫人は、そんなことはおくびにも出さない。手っ取り早く栄養が取れる戦時中の国民食、クラフト・イエロー・ボックスのマカロニ・アンド・チーズは、誰だってもう二度と食べたくはないはずだと、彼女はよくわかっていた。

「連合軍の勝利に、乾杯」

パッカード氏がワイングラスを軽く持ち上げた。「乾杯」「乾杯」、口々に言って、私たちはワインを飲んだ。

勝利の美酒だからか、それとも、とっておきのナパ・ワインだからか、あの味を、いまでもはっきり覚えている。さわやかな風が喉を吹き抜けていくようだった。

「それにしても、日本はねばったな。まだ公表されてはいないが、我がアメリカ軍にも相当な犠牲者が出たらしいじゃないか」

一家の主らしく、チキンを切り分けて取り皿に盛りつけながら、パッカード氏が言った。世間話をしているような気軽さで。

「そうですね。実家のあるサンフランシスコでも、いつ彼らが襲来するかと、最後まで気が抜けなかったようです」

私のホームタウンでは、開戦後の数年間は灯火管制もされていた。

「太平洋を挟んではいるものの、対岸には間違いないからな。ゴールデン・ゲート・ブリッジのたもとに、沖縄から舟で流れ着いた残存兵が潜んでいるかもしれん」

パッカード氏が笑いながら言うと、

「まあ怖い。いくら戦争が終わったからって、そんなこと言わないでちょうだい、パパ」

マーガレットが真顔で言った。彼女の父は、かまわずに続けた。

「広島、長崎への原爆投下では、アメリカ側には負傷者はなかったようだが……六月の沖縄戦が、なんといっても痛手だな。向こうも壊滅状態だったろうが、こっちも派手にやられたらしいじゃないか」

手羽先をすばやく皿に載せて、パッカード氏が言った。マーガレットは、少し語気を強めた。

「やめてってば。ほんとうにやめないと、私、エドと一緒にディナーをボイコットするからね」

「わかった、わかった。確かに、晩餐の話題にはふさわしくないな」

父親が折れたので、マーガレットに笑顔が戻った。

「ときに、エド。君は、来年の六月で大学院は修了の予定だな？」

全員がチキンを平らげたタイミングで、パッカード氏が尋ねた。

「はい、その通りです」私は答えた。

そうか、とパッカード氏はうなずいた。

「マーガレットも、順当にいけば、来年には弁護士の資格を得られるだろう。そして、戦争も終わった。となれば……いい時期なんじゃないか？」

私は、喉にチキンを詰まらせそうになってしまった。なぜなら、その話は、私のほうからしなければならないと思っていたから。

その夜は、絶好のチャンスだった。私とマーガレットの将来の話をするのに、まさしくうってつけの夜だったのだ。

「あら。私も、ちょうどそう思っていたわ」

ナプキンで口を拭って、パッカード夫人が微笑んだ。ふふふ、と意味深長な笑い声を立てると、マーガレットが私の目をみつめて言った。

「偶然ね。私もよ」

そうして、私は、パッカード家の人々に三方を包囲された中で、愛するマーガレットにプロポーズをしたというわけだ。

修了式は、翌年の六月上旬。ジューンブライドに憧れていたという彼女の意向を汲んで、ウェディング・ベルを鳴らす日は、六月三十日、日曜日と決まった。食後のお茶を飲み終えるまでに、私たちの幸せの設計図ができ上がっていた。

人間というのは、ほんとうに不思議な生き物だと、つくづく思う。

どんなに暗い過去、つらい体験があっても、いつしかそれを「何かいいことがありそうな」未来へと転換していけるのだから。

戦争が、終わった。とにかく終わった。あとは、何かいいことがありそうな明日がくるのを待てばいい。

幸福の絶頂だった。

やがて春の到来とともに、一通の手紙が届くことなど、ちっとも知らずにいられたのだから。

私の運命を変える手紙。——沖縄への赴任を命ずる、アメリカ陸軍からの通達が。

沖縄に着任して以来、二度目の休日がやってきた。真新しいポンティアックを初めて運転する日。同じく非番となっていたジョンとアランとともに、勇んでシートに乗り込んだ。

「へえ、なかなかいいじゃないの。しっかりしたシートだな」

ジョンは、あくまでも平静を装っていたが、声は少し昂《たかぶ》っていた。

「ワアオ。ハリウッドスターになった気分だね。世界の果てまで走れそうだ」

アランは、率直に、そして少し大げさに、感激を口にした。

軍には外出申請をきちんと出していたし、沖縄内で流通している「B円」なる通貨も手に入れた。ガソリンも、基地内のガススタンドで満タンに入れた。「食堂の主」のナビーに頼んで、スパム入りのサンドイッチをランチ用に作ってもらった。ポケットには、キャンディを詰め込んだ。京都でそうだったように、子供たちに会ったらあげようと思ったのだ。ドライブのための手はずは、ぬかりなく整っていた。

「実際には、現地人とは物々交換が主流だぜ」

ジョンは、軍から支給されたタバコの箱《カートン》やウィスキーの小瓶を車に持ち込んだ。休みのとき買い物などに出かければ、タバコや酒がものをいうらしい。現地の人にとっては、とんでもない高級品なのだそうだ。

「申し訳ないね。初めてのドライブなのに、助手席に座るのが、君の婚約者じゃなくて」

助手席のアランが、すまなそうに言った。アランやジョンには、マーガレットのことをすでに話していた。そりゃさっさと婚約解消したほうが彼女のためだぞ、とジョンはやはり意地の悪いコメントだった。きっと待っててくれるよ、ハネムーンで沖縄に帰ってくればいい、とアランはあくまでも前向きだった。

キーを右側に回しながら、アクセルを踏む。キュルル、キュルルとうなり声を上げたかと思うと、バルン、バルンと勢いよくエンジンがかかった。サイドブレーキを外すと、いきなり車は飛び出した。

走り出してから、そういえば外国で運転をするのは初めてだということを思い出した。交通法も何も確認しないままスタートしてしまったのだ。

「こっちは右側通行かな？　信号は？　一方通行は？」

ハンドルを操りながら、私は大声で訊いた。

「ばっかだな、お前！　ここはアメリカだって言っただろ！」風に逆らうようにして、さらに大声でジョンが答えた。

「信号も一方通行もへったくれもねえよ！　舗装されてない道ばっかりだし！　最低限、

人間轢かないように気をつけろ！」

そう言ってから、「あと、ヤギとか水牛とかにぶつかるな！」と付け加えた。

私たちを乗せたポンティアックは、基地の敷地を抜け、いよいよ那覇の街なかへ向け

て加速していった。

でこぼこ道をガクンガクンしながら進むと、石や珊瑚を積んだ垣根、板を貼り付けた

だけの壁にトタンを載せたいかにも貧しい家々が、次第に現れ始めた。確かに、ヤギや

水牛もいた。野菜や海産物が入った大きなかごを頭の上に載せ、悠々と歩く女性たちと

もすれ違った。

ウィルが教えてくれた通り、道路沿いには木の一本も生えてはいなかった。瓦礫の山

が累々と続き、ところどころに草が生い茂っていた。小川のほとりには、女性たちが群

れて集まり、野菜や衣服を一心不乱に洗っていた。皆豊かな黒髪で大きな髷を作り、頭

上に結っていた。黄土色の涼しげな着物を身につけ、裸足で土埃の舞う道を歩いていた。

道ばたや家の前でしゃがみ込んでいた子供たちは、私たちの車が近づくと、わあっと

歓声を上げて立ち上がった。アランは、満面の笑みをたたえて、彼らに向かって手を振

った。

「まったく、すっかりスター気取りだな」

後部座席にふんぞり返っているジョンは、呆れたようにそう言った。

わりと大きな集落に行き着いたので、車を停めて、歩いてみることにした。私たちが車から降りると、たちまち子供たちの群れに囲まれた。「ハロー」と声をかけると、小さな肩がいっせいにびくりと震えた。

恐れをなす目、好奇心にあふれる目、珍しい動物を眺めるような目、物欲しそうな目。いくつもの初々しい黒い目が、私たちをみつめる。試しに、私は、ポケットの中に入れていたキャンディを取り出し、彼らの目の前に差し出した。皆、おっかなびっくりで、手を出そうとしない。ひとりの勇気ある男の子が、そうっと手を出そうとした瞬間、

「××××、×××××！」

どこかで、金切り声が上がった。ジョンとアランと私は、声のしたほうを振り向いた。中年の女性が、体を震わせて立っていた。大きく見開いた目は、濁って血走っていた。女性のほうに向かって、アランが何か言った。そうだった、彼は日本語が話せるのだ。女性は、二度、三度、大きく頭を横に振った。汗ばんだ浅黒い顔に、後れ毛がまとわりついている。彼女は、足を引きずりながら、手を出しかけた男の子のところへ来ると、その子の頭を、平手で思い切り叩いた。男の子は、火がついたように泣き出した。女性は、何度も何度も、執拗に男の子の頭や尻を叩いた。回りの子供たちはちりぢりになって、周辺の家の中へと逃げ込んでしまった。

「ちょっ……おい、アラン、やめさせてくれよ。ひどいじゃないか、この子はなんにも

してないのに」

女性が子供を叩くのをやめないので、私は見かねてアランを促した。アランは、首を横に振った。

「行こう。僕たちがいる限り、この子は折檻され続けるだろうから」

私たちは、ポンティアックに乗り込んだ。それを見て、女性は、子供を叩くのをようやくやめた。

車は集落を抜けて、静かな田舎道へと戻った。後部座席のジョンが、「思い知ったか、え?」と、私の背中に向かって、自嘲気味に言った。

「アメリカ人は、ここの人間にとって、スターでもなんでもないんだよ。昔は殺人鬼、いまも招かれざる客さ」

苦々しい思いが、鉛の固まりのように、胸の底に残った。

私たちは、それからしばらく、あてもなく走った。どこまで走っても、瓦礫と、薄汚い家と、ぼうぼうの草むらと、焦げて炭化した木の株ばかりだった。

吹けば飛ぶような掘建て小屋が密集した集落をいくつか抜け、首里と呼ばれているあたりの緩やかな丘を上っていった。丘を進んでいくほどに、私の心にかかった暗い霧は、いよいよ深くなってきた。こんなふざけた車を乗り回している自分が、手のつけようもないほどの馬鹿者に思えてならなかった。

外の世界に出てみて、スケッチをしたくないような風景だったらどうしようか。最初はそう思ってもいた。けれど、ポンティアックを手に入れて、これさえあればどんな土地でも颯爽と駆け抜けられると、気持ちを切り替えた。

ひょっとして、基地の外の世界では、あっと驚くほどの豊かな自然と、見たこともないような珍しい風景が待ち構えているかもしれない。能天気な私は、そんな想像を巡らせてもいた。その上、無邪気な子供たちと心やさしい地元の人々が、歓迎してくれるのではないかとまで考えた。だから、ポケットが破けそうなほどキャンディを詰め込んで、持ってきた。

あの戦争は、もう終わったのだ。それに私は、戦争に参加したわけではない。生き残った人たちは、私たちを受け入れてくれるはずだ。——心のどこかで、そう信じていた。どこまで軽薄なんだ。自己中心的なんだ。馬鹿なんだ、私は。

この現実のかけらも、知ろうとしなかったくせに。

やはり、この土地の風景のどこにも、絵心を感じさせてくれるものはない。

悪い予感のほうが、当たってしまったのだ。

「なあエド。いったい、どこまで行くつもりなんだい？　基地の方向と全然逆じゃないか。……坂道、どんどん上ってるし」

とっくに道に迷っていた。それに気がついた様子で、アランが不安そうな声で言った。

「大丈夫さ。この丘を上りきったら、いま来た道をもと通り戻るだけなんだから」

私は、強がってみせた。そのじつ、どうやって帰ったらいいのか、もうさっぱりわからなくなっていた。

「おお、すごい。海が見えるぞ」

後部座席のジョンが、後ろを振り返りながら叫んだ。

「ええ？」私が後ろを向こうとすると、

「おっと、君は前だけ見て走ってくれよ」と、アランが笑った。

バックミラーを覗くと、なだらかな下り坂の向こうに、コバルトブルーの海が広がっているのが小さく見えた。振り向きたいのを我慢して、引き返すときに思う存分眺めよう、と前を見据えた。

ふと、坂道を上り切ったところに、小さな看板が出ているのが視界に入った。

私は、目を凝らして、粗末な木切れに書いてあるアルファベットらしき文字を見ようとした。

NISHIMUI ART VILLAGE

「ニシムイ・アート・ヴィレッジ？」

先に声を出して読み上げたのは、アランだった。「え？　なんだって？」と、車の後ろに身を乗り出していたジョンが、前へ向き直って訊いた。

「ねえ、エド。ここ、寄っていこうよ」

アランの掛け声で、私はブレーキを軽く踏んだ。看板は、どうやら丘の上にある集落の入り口のサインのようだった。

車が一台通れるほどの道が奥へと続いていたので、私たちは、車に乗ったまま、そろそろと狭い道へ入っていった。周辺は、鬱蒼とした森に囲まれていた。那覇へ出て初めて目にした、緑豊かな森だった。

左右に板とトタンで作った家々が並び立っていた。しかし、それまでの道程で見かけたどの家とも、それらは違っていた。壁の板は白く塗られ、トタン屋根はリズミカルなパターンで重ね合わされている。石積みの低い塀には貝殻が貼付けられ、塀の周辺には植木鉢があり、赤い花々が咲き乱れている。

――なんだろう、ここは？

植木鉢の前で、私は、ポンティアックを停めた。そして、不思議な力にいざなわれるようにして、車を下りた。

エンジンの音を聞きつけて、集落の人々が、ひとり、ふたりと道へ出てきた。

私は、まるで夢の中へと迷い込んだように、彼らの顔、浅黒く、彫りの深いひとつひとつの顔を、ゆっくりと見回した。

どの顔にも、いかなる戦《おのの》きもなかった。どの顔も、ただ、光に満ちていた。

こうして、私は、出会ってしまった。――出会いようもない人々と。

ゴーギャンのごとく、ゴッホのごとく、誇り高き画家たちと。太陽の、息子たちと。

3

赴任先の沖縄へ、私が持ち込んだ手荷物は、軍支給のトランクひとつだけだった。

白衣や服などは、基本的には軍から支給される。下着やタオル類もだ。従って、焦げ茶色の真新しいトランクの中身は、日本地図、磁石、診療ノート、医学書、祖父が愛用していた万年筆、母の手編みのセーター、フレームに入った婚約者《マーガレット》の写真、彼女からの手紙の束、二十四歳の誕生日に彼女がくれたマフラー、それに何冊かのお気に入りの画集などだった。

ゴッホ、ゴーギャン、セザンヌ、マティス、ピカソ。それぞれの画集はすべてフランスで出版されたもので、父から譲り受けた。赴任直後に、私が大事そうにデスクの上にそれらを並べているのを見た同僚のジョンが、「なんだそりゃ。コーヒートレイかよ」と意地悪く言った。それほど分厚くて、立派な本なのだ。そしてこの場所に似つかわしくない本なのだった。

私の父は、大人になっても好奇心を失わない人で、自分では描かないものの、相当なモダン・アートかぶれだった。子供の頃から、とにかく目新しいものが大好きだったという。少年時代にはパイロットに憧れ、絶対に医者になんかならないと言い張っていたそうだが、私の祖父にうまく誘導されて、「気がついたら医者になっていた」そうだ。

だから息子よ、もしもお前が大きくなって画家になりたいなんてたわごとを言ったとしても、私はちっとも驚かないし、夢をあきらめろなんてことは決して言わないよ——と、どんなことより絵を描くのが好きな少年だった私は、そう父にアドヴァイスを受けていたにもかかわらず、あっさりと医者になってしまったのだが。

父の友人に、マイケルとサラ・スタインという、非常に裕福で趣味のいいコレクター夫妻がいた。父は、この夫妻の影響で、すっかりモダン・アートにかぶれてしまったという。ただし、幸か不幸か、作品を蒐集できるほどの経済力は、ウィルソン家にはなかったようだ。

マイケルは、二十世紀初頭のパリでピカソやマティスを支援したことで有名な女流作家のガートルード・スタインの兄である。夫妻は、いっときパリに住み、妹のアドヴァイスを受けて、いまでは近代絵画の巨匠《モダン・マスターズ》と呼ばれる画家たちの傑作を、数多く所有することとなった。

スタイン夫妻は私の通っていた大学のある街、パロ・アルトに家を構え、そこに目の覚めるようなマティスの作品を何点も飾っていた。私は、少年の頃に父に連れられて、また、成人してからは恋人を伴い、いくたびか彼らの邸宅を訪ねた。

広々としたリビングの中央に、「お茶《ティー》」という大型のマティス作品が掛けられていた。緑を基調とした庭の木陰で、ペールグリーンの椅子に腰掛け、午後のお茶の時間にくつろぐふたりの女性。こちらを向いたふたつの顔は、のっぺりと歪んで、微笑のかけらもなく、背景にぺたりと張り付いている。その足下にうずくまる白っぽい犬は、石を投げつけられる寸前のように、いまにも逃げ出しそうな情けない表情を作っている。

その絵は、少年の私の目に白昼夢のごとく醜く映ったものだが、同時に抗い難い魅力を持って迫ってもきた。

つんと取り澄ました貴婦人の肖像や、愛くるしい笑顔の子供たちがふわふわの子犬を腕に抱いている肖像画。それが、パリを華やがせた新興のブルジョワジーたちが好んで所有する絵画の基本だった。それなのに、マティスが描いたこの肖像画——はたして肖像画と言えるのかどうかすらわからない——の醜さといったら。強烈な印象と、不思議に保たれた安定感が、少年の私を虜《とりこ》にしてしまったのだった。

私がいつまでも「ティー」の前から動かないのをみつけたミセス・スタインが、あなたはこの絵がすっかりお気に入りなのね、と微笑んだ。私は、悪戯をみつかってしまったような、なぜだかばつの悪い気分になったが、ミセス・スタインは、その絵を複製した絵はがきを一枚、私にくれた。そして尋ねた。

――どうしてこの絵に夢中になってしまうか、わかる？

私は、首を横に振った。

――いいえ。でも、僕、なんだか怖いです。

――怖いの？　この絵が？

――ええ。だって、この女の人は、にらんでいるみたいだし、犬は、逃げ出しそうだし……醜いと思ってしまいます。

――そう？　そうね、確かに。……でも、もしもこの女の人が微笑んでいて、尻尾を振る可愛い犬を撫でていたりしたら、あなたはこの絵をそんなにじいっとみつめるかしら？

――いいえ。……わかりません。

――あなたはとても正直ね、エド。ひとつ、いいことを教えてあげましょう。あなたがこの絵を怖いと思ったのも、醜いと思ったのも、正しいわ。でもね、この絵のいちばんすごいのは、そういうことじゃないの。誰にも似ていない、個性的《ユニーク》なところなのよ。

これからの時代はね、エド。誰にも似ていない、っていうのが、芸術家にとっては、いちばん大事なことになるのよ。きれいな女の人や、可愛い犬を、見たままそっくり描くことより、画家の個性が強く表れた作品が、傑作と呼ばれるようになる。

お父さまから聞いたわ。あなたは、絵描きになりたいそうね。だったら、誰にも似ていないものをお描きなさい。最初は誰かの真似をしたっていい。だけど、真似をしながらも、自分にしか描けないものはどういうものなのか、いつか必ずみつけること。

時間がかかったって構わない。ゆっくりと、あなたのこれからの人生の中で、あきらめずにお探しなさい——。

「アンリ・マティスだね？　その絵はがきは」

ぴかぴかのポンティアックで那覇周辺をひと巡りして、無事基地へと帰還した日の夜。そういえばあの絵はがきを持ってきていたなと、思い出した。私は、焦げ茶色のトランクの底にこっそり沈めていた手紙の束の中から、「ティー」の絵はがきを取り出し、デスクの前の壁にピンで留めた。すかさず、アランがそれをみつけて、声をかけてきたのだった。

昼間の冒険の興奮がなかなか冷めず、ベッドに入っても寝つけそうになかった私は、消灯時間が過ぎても、デスクで調べものをしているふりをして研究書を広げ、その日いちにちの出来事を反芻しているところだった。

私と同様の気分だったのだろうか、アランもまた、隣のデスクにノートを広げて、何やらペンを走らせていた。同じく冒険の同行者だったジョンは、さぞ疲れたのだろう、消灯まえにベッドに身を投げ、そのまま眠ってしまった。チーフのウィルとその日急患を診たテッドは、夕食時に私たちの冒険譚にさんざん付き合わされ、うんざりしてしまったのか、やはり早々と寝床にもぐり込んでしまった。

私のデスクまでやってくると、アランは、壁に貼られたマティスの絵はがきに、分厚い丸眼鏡をかけた顔を近づけて、

「おもしろい絵だねえ。この女の人、妙に写実的だな」

さも感心したように、ひそひそ声で言った。奥行きのない画面、抽象化された人物像や犬は、一見して写実からほど遠い。

「どこが写実的だって？」私が訊き返すと、

「だって、ほら。この女の人たちは愛想笑いしてないし、犬だって、おっかなびっくりな感じだし……。手前の女の人の足下をご覧よ。ハイヒールの靴がぶらぶらしてる。こんなリアルな感じ、ほかの画家だったら絶対描かないよ」

ハイヒールをつま先に引っ掛けて、ぶらぶらさせている女性。けだるい午後の退屈な感じが、そして飾らない女性らしさが、その一点によく表れているのだった。

「君は、なかなか鋭いね。そんな細かいところ、気がつかないよ、ふつう」

愉快な気分になって言うと、

「そうだろ？　こう見えても、僕はなかなか絵心があるのさ。君ほどではないにせよ」

少し自慢げに、アランが返した。それから、続けて尋ねた。

「そこにある画集……ゴーギャンのやつ、ちょっと見せてもらってもいいかな」

ああもちろん、と返事をして、私は、カルテのファイルのブックエンド代わりにしていた画集の一冊を手に取り、アランに渡した。

ぱらぱらとページをめくって、アランは、ふーむと鼻を鳴らした。私は、なんとなく、彼が確認しようとしていることがわかる気がした。

「ゴーギャンに似てるんじゃないかって思ったんだろ？　ニシムイの画家たちの絵が」

と訊くと、

「君はそう思わなかった？」

訊き返された。私はアランを真似て、ふーむと鼻を鳴らすと、

「似てないよ。誰にも、どの画家の作品にも」

そう答えた。アランは、ぱたんと画集を閉じると、

「じゃあ次。ゴッホのやつ、見せてくれ。マティスと、ピカソも」

「だから言ってるだろ。誰にも似てないって。彼らの作品は、相当個性的《ユニーク》だったじゃないか」

苦笑しながら、私は分厚い画集を次々に手渡した。アランは忙しくページをめくって、

「いや、いや。どこかで見たことがある。あの色、あの風景。ゴッホの麦畑か、ピカソの女たちか……」

私もまた、同じだった。

アランは、その日見た驚くべき絵の数々を、ありありと心に浮かべているようだった。

夏空に湧き上がる入道雲のような、力強い絵画。激しい色彩とほとばしる感性。荒々しさの中にも、均整のとれた構図のせいか、不思議な安定感がある。

ゴッホのような、ゴーギャンのような……それでいて、誰にも似ていない。強烈な個性があふれる表象。

むせかえるような光に満ちた、絵だった。

ひと目見た瞬間に、その画面は、くっきりと胸に焼き付けられた。それがどうしようもなく熱くて、私は、その夜、眠るに眠れずにいた。

冒険の果てに、私たちを乗せたポンティアックが行き着いた場所は、世にも不思議な集落だった。

聞き慣れないエンジン音に誘われて、ひとり、ふたりと集落の住人たちが、ポンティ

アックの前へと集まってきた。彼らを驚かせてはいけないと、私は、急いでエンジンを切った。

男ばかりが六人、車の周囲を取り囲んだ。粗末な白いシャツに、擦り切れたズボン。ぼさぼさに伸びた髪、日に灼けた顔。その中心でぎらぎらと光る、大きな目。食い入るように私たちをみつめている。なんという力強いまなざしだろうか。

「なんだよ、こいつら……まさか、おれらを捕って食おうってんじゃないだろうな」

後部座席のジョンが、いつものように軽口を叩いた。けれど、実際捕われてしまうんじゃないかという気がした。それほどまでに、彼らの視線は真剣で、私たちを圧倒した。

「おい、アラン。お前、日本語しゃべれるんだろ。何とか言ってみろよ」

ジョンがアランの肩をつついて促した。ところが、アランも恐れをなしているようで、なかなか言葉が出てこない。私は、男たちの中のひとりに目が留まった。

その男は、真夏の暑いさなかにもかかわらず、たっぷりとしたスモックを着ていた。画家が制作をするときに着るユニフォームのような、あれだ。そしてその衣服の上に、緑や青の絵の具がついていた。

はっとして、私は、思わずその男に英語で話しかけた。

「やあ。君……君は、画家かい？」

男は、金縁の丸眼鏡をかけていた。グラスの奥の瞳が、微笑を宿すのがわかった。

「は・い《イーエース》」

ゆっくりと、大きく口を動かして、男が答えた。

「はい、そうです《イエス・アイ・アム》。私は、画家です《アイ・アム・ア・ペインター》。ニシムイの芸術家です《アイ・アム・アン・アーティスト・オブ・ニシムイ》」

なまりになまった英語、けれど実に力強い声で、男は続けた。そして、太陽に顔を向けたひまわりのような、大きな笑顔になった。

私とアランは、目を見合わせた。さっきまでアランの顔にかかっていた雲が、見る見る晴れていく。後部座席を振り向くと、ジョンが、きょとんとした表情を作っていた。

「君は、英語が、わかるのですか？」

今度はアランが、一語一語、ゆっくりと、ていねいに尋ねた。

「ええ、まあ……」男が答える。「あんまり、うまくないけど」

ジョンが、いきなり後部座席から身を乗り出した。そして「すげえ！」と叫んだ。

「英語の話せる画家だって？　いったいぜんたい、ここはどこなんだ？　美術館の庭かなんかかよ？」

「美術館では、ないです」男が、眼鏡の奥の瞳を愉快そうに細めて返した。

「美術村です。ニシムイ・アート・ヴィレッジといいます」

そうだった。この集落へ迷い込んだのは、入り口に立ててあった看板に導かれてのことだった。確かに、「ニシムイ・アート・ヴィレッジ」と英語で記されてあった。

私は、アランとジョンに目配せしてから、ポンティアックのドアを開け、車を下りた。私に続いて、ふたりの同僚も外へ出た。車を取り囲んでいた男たちは、いっそう私たちの近くへと歩み寄った。

別の集落で、私たちを取り囲みつつ、異物をみつめるようだった子供たちの目。あきらかに私たちを恐れて震えていた女たちの目。しかし、この集落の住人たちのまなざしは、どこまでも明るかった。好奇心と期待感、そして希望にも似た光が、彼らの瞳をまぶしく揺らめかせていた。

「はじめまして。僕は、エド。琉球米軍所属の医師です」

私は、ゆっくりした口調で自己紹介してから、画家と名乗った男に向かって右手を差し出した。男も右手を差し出し、迷いなく私の手を握った。その手は、絵の具で汚れていた。分厚くて、少し湿っていた。

「はじめまして。私は、タイラです。セイキチ・タイラと言います」

そして、「私は画家です」と、もう一度言った。

タイラは、アランと握手し、続いてジョンとも握手を交わした。

「あなたがたは、全員、医者ですか」

タイラの質問に、「そうですよ」とアランが答えた。

「医者は医者でも、まあ、ちょっと特殊な医者ですが。僕らは、精神科医《サイカイアトリスト》です」

「サイカイアトリスト……」おうむ返しに、タイラがつぶやいた。言葉の意味を理解していないようだった。

「あなたがたは、全員、画家ですか」

今度は、アランがタイラの口調を真似て質問した。タイラは、好奇心ではち切れんばかりになっている仲間たちの顔を見渡して、「ええ、そうです」と明快に答えた。

「私たちは、全員、画家です」

ハロウ、ハロウ、と口々に挨拶しながら、男たちは我先にとばかりに右手を差し出してきた。

マサヨシ・シマブクロ。頬のこけた浅黒い顔の中で、大きな目が輝いている。

イトク・ヤマシロ。ふさふさの髪の毛と、彫りの深い顔立ち。

カネマサ・ナカムラ。濃い眉と長いまつげの、なかなかの美男子。

ケイイチ・ガナハ。眼光鋭く、情熱を秘めたまなざし。

アイジュン・ナカザト。人懐っこい表情で、笑った口元に八重歯がのぞく。

男たちの手には絵の具がこびりついていた。それが、日常的に絵を描いていることを証明していた。

「あなた、家、来る？」

シマブクロが、身振り手振りを交えて、片言の英語で言った。

「私、絵、描く。あなた、見る。もし、好き、買う」

「はあ、なるほど」

アランが、急に合点のいった顔になった。

「彼ら、将校相手に絵を売ってるんだよ、きっと」

画家たちは、熱心に私たちを誘った。来て、来てと言いながら、シマブクロとヤマシロは、両側から私の手を取って引っ張った。私は、否応なしに、彼らの家のほうに向かって歩き出さざるを得なかった。

「おいおい、やめといたほうがいいんじゃないの」ジョンの声が、背後で響いた。

「ふっかけられたらどうするんだよ。タバコ一カートンとウィスキー一本しかないんだぜ？」

「待ってよ、僕も行く」アランは、私を追いかけてきた。私の前を歩いていたタイラが、アランのほうを振り返った。

「あなたも、興味ありますか？」

タイラの質問に、アランは「ええ、もちろん」と答えた。その瞳は、画家たちと同様、好奇心で輝いていた。いくつか建ち並ぶ家の一軒に到着するまえに、しぶしぶ、ジョンも追いついた。

そこは、タイラの家だった。その頃、沖縄で住宅復興のために導入されていた2×4

の「規格家《キカクヤー》」と呼ばれる家だったが、外壁には黒い布が張り巡らされてあり、その日那覇で見たどんな家よりも個性的だった。入り口には横にスライドする網戸が付いて、風を家の中に呼び込むための工夫が為されていた。

「さあ、どうぞ。入ってください」

タイラに促されて、私たちは、靴のままで――日本では家に入るとき靴を脱ぐものだと、私は京都で学習したのだが――家の中に入った。

ふっと、油絵の具の匂いが鼻腔を満たした。それは、私が何より好きな匂いだった。日本へ赴任して以来、嗅ぐことのなかった匂いだった。

さして広くはない、板の間の部屋。紛れもない、画家のアトリエだった。

私は、言葉をなくして、その場に佇んだ。

安っぽい合板の壁には、隙間も見えないほどに、ぎっしりと油絵が掛かっていた。その多くが、風景画だった。

正面から吹きつける潮風を全身で受け止める心地で、私は、絵を眺め渡した。

青い海へと続く、白い一本の道。湧き上がる雲をたたえた陽光が満ち溢れる空。うっそうと木々の繁る森。乾いた砂浜に、打ち捨てられた一艘の舟。

女性の人物像も数点、あった。マスタード色の着物を身につけ、頭上に果物を入れたかごを掲げて、ゆったりと歩く姿。川で洗濯をする、黒髪豊かな若い娘たち。

すばやいタッチ、鮮やかな色彩、おおらかな色面。一見すると、セザンヌか、ゴーギャンか、マティスか、フランスのモダン・マスターズの影響を窺わせる作品だ。それでいて、誰にも似ていない。きわめて個性的《ユニーク》だ。

これは……とんでもないみつけものだぞ。

体の隅々までもがじわりと痺れてくるのを、私は感じた。その感覚は、上出来のナパ・ワインを口にふくんだ瞬間によく似ていた。

「へえ……ずいぶん本格的な絵だね。僕は、もっとみやげものっぽい絵を想像したんだけど」

アランが最初に口を開いた。その口調には、熱っぽさが込められていた。

「描き殴ったように、おれには見えるけどね……でもまあ、明るくて、景気のいい色合いではあるな」

両腕を組んで、ジョンが言った。

「あんたは、こういうの好きなのか、エド？　デスクの上に画集を並べてるくらいなんだから、絵には一家言あるんだろ？」

私は、なかなか言葉が出てこなかった。長いこと会っていなかった古い友人に、ふいに街角で行き合った。そういう気持ちがこみ上げていた。

「あんたは、こういうの好きなのか。……エド？」

私の正面に立っていたタイラが、まっすぐに訊いてきた。ジョンの口調を真似しているのがわかった。どうやら彼には、絵のセンスも語学のセンスも備わっているようだ。そして、茶目っ気も。

私は、丸眼鏡の奥の瞳をみつめ返して、微笑んだ。

「うん。大好きだ」

たちまち、タイラは笑顔になった。彼の笑顔は、やはり、青空にぽっかりと咲くひまわりを連想させるのだった。

タイラは、部屋の中央に、草で編んだ丸い座布団を置き、私たちにそこへ座るよう勧めた。

画家たちは、急いでそれぞれの家へといったん帰り、小ぶりなカンヴァスを何枚も携えて戻ってきた。そして、それぞれの作品を、タイラのアトリエの壁に立てかけて、私たちに見せてくれた。

やはり、沖縄らしい風景画と、地元の女性の肖像画がほとんどだった。彼らの画風は、それぞれに個性的で、どれも魅力的であり、「本格的」だった。内心、私は舌を巻いた。いったい、どういうことなのだろうか。

戦争終結からまもない、米軍占領下の沖縄に、なぜ、これほどまでに高い技術と表現力を持った画家たちがいるんだ？

しかも、こんな何もないような丘の上の森の中に集まって……。

ここは、まさに芸術家のコロニーのような場所じゃないか。

「ニシムイ」と呼ばれるその場所は、まさしく芸術家たちの聖域《サンクチユアリ》のごとき場所だった。何もかも奪い去られ、破壊された沖縄に、忽然と現れた美のオアシスだった。

「君たちは、いつからこの場所に住んでいるんだい？」

私の問いに、タイラがすぐさま答えた。

「数ヶ月まえから。家は、自分たちが設計して、大工に作ってもらいました。私たちも全員で、手伝って……私は、彫刻もやってたし、仲間たちも、皆、器用だから……そんなに難しいことでは、なかったです」

彫刻をやっていた、ということにも興味が湧いたが、それよりも、なまっているとはいえ、なぜタイラがかくも流暢な英語を話せるのか、そっちのほうが気になった。

「あんた、ずいぶん英語うまいな。どこで習ったんだ？」

私が尋ねるよりさきに、ジョンが尋ねた。彼もまた、並べられた素晴らしい絵の数々よりも、その一点が気になっているようだった。

タイラの答えは、意外なものだった。

「アメリカで……サンフランシスコの美術学校に、二年間、留学していました」

私は、思わず「え？　サンフランシスコ？」と訊き返した。自分でもびっくりするくらいの大声で。

「ほんとうに？　そりゃあ驚きだ。僕は、サンフランシスコ出身だよ」

「ほんとうに？」今度は、私の口調を真似て、タイラが声を上げた。

「アイヤー、アキサミヨー《あれまあ》。サンフランシスコから来たって？　おーい、メグ！　メグミ！　サンフランシスコ出身のドクターが、ここに来てるぞ！」

タイラは、興奮気味に、家の奥に向かって英語で声をかけた。すると、隣室とのあいだに下がっていたカーテンのような布がめくれて、タイラの妻らしき女性が、小さな女の子を抱いて現れた。

メグと呼ばれた女性は、私たちの顔を見ると、はにかみ笑いを浮かべて会釈をした。その拍子に、童女のように短く揃えた前髪がふわりと揺れた。木綿のワンピースの半袖からむき出しになっている腕は、浅黒く、華奢だった。その腕に抱かれている女の子は、つぶらな黒い瞳で、私たちの様子をじっとみつめていた。

「私の妻です。メグミといいます。彼女も、サンフランシスコ出身です」

私たちの前に歩み出たメグミは、驚くほどうつくしい発音の英語で、あいさつをした。

「はじめまして。お目にかかれてうれしいです」

サンフランシスコで英語を習得したタイラと、独学で日本語を習得したアランのおかげで、私たちは、知り合ったその日に、お互いの身の上を知ることができた。

セイキチ・タイラは、三十歳。那覇生まれで、東京美術学校という、戦前から優秀な芸術家を多数輩出し、戦後は日本随一の国立芸術大学となった名門芸術学校の出身だった。

幼い頃より絵を描くことが何より大好きだった少年は、二十歳のとき、沖縄からの移民だった親戚を頼って、本格的に絵画を学ぶべく、サンフランシスコに渡航を果たした。英語はほとんどしゃべれなかったが、サンフランシスコ・アート・インスティテュート（sfai《スファイ》）は、日本から絵を描くためだけに単身やってきたタイラの度胸と、その卓越した表現力を買って、二年間の期間限定ながら、入学を許可したという。しかも学費免除のおまけつきだった。

「日本人は、アメリカでは、あまり歓迎されていませんでした。でも、私は、とにかく絵が描きたい。日本人も、アメリカ人も、誰も描かなかったような、自分だけの絵が描きたい。その気持ちだけ。それだけで、全部、突破しました」

当時を思い出しながら、タイラが語った。声にはじゅうぶんに熱が込められていた。

太平洋戦争が勃発する三年まえのことだ。サンフランシスコには日本人の移民が相当数存在したが、彼らに対する差別は当然あった。移民の子供たちや留学生に対する規制もあったようだ。そんな中で学費免除を受けるとは、いったい、タイラはどんな作品を入学審査会に提出したのだろうか。

当時、ジュニア・ハイ・スクールの学生だった私の将来の夢はといえば、画家になることだった。全米の芸術学校の中で、もっとも古い歴史と由緒を誇るｓｆａｉは、私の憧れの学校だった。その学校に、タイラは通っていたのだ。驚きと羨望とで、私は胸がときめくのを感じた。

「それから、二年間で、いろんな体験をしました。私は、それを全部、『奇跡』と呼んでいます」

タイラは、滞米生活でさまざまな出来事に遭遇し、多くのことを学んだ。その上、人生最大、最高の宝物をみつけた。メグミという名の、日系二世の女性だった。彼女の両親も沖縄の出身で、ハワイを経由してサンフランシスコに移住したということだった。

十八歳のメグミは、ジュニア・ハイ・スクールを卒業後、苦しい家計を助けるために、ホテルのメイドの仕事をしつつ、美術学校のモデルの仕事もしていた。だから、タイラが初めてメグミに会ったとき、彼女は素っ裸だったのだという。冬でも日に灼けたような肌の色、のびのびとした四肢。モデルというのは、決しておおっぴらにはできない、どちらかというと「不名誉な」仕事であったにもかかわらず、彼女は、一糸まとわぬ体を清々しくさらけ出し、むしろ称賛を受けんばかりに堂々としていた。

「恋に落ちました。たったのひと目で。彼女は、輝いていました。うつくしかった。女神のように」

タイラは、メグミの体にひと目惚れした。その体の中に宿っているであろう高潔な精神を嗅ぎ取ったのだ。

メグミは主に英語を話し、日本語は片言しか話せなかった。しかしタイラは、根気よく、こちらも片言の英語で愛を囁き続けた。才能あふれる未来の画家の情熱に、ほどなくメグミは心を開いた。

二年後、タイラは帰国した。メグミもまた、日本へやってきた――彼の妻となって。タイラは東京美術学校に難なく入学した。彼が再び画学生となっているあいだ、メグミは食堂の女給などをして生活を支えたという。その頃には、日常会話ならば日本語も話せるようになっていた。

その翌年、太平洋戦争が勃発した。タイラは、戦争のただ中にあって、どうにか美術学校を卒業しおおせた。学生時代の四年間は、また別の意味での「差別」にさらされたと、タイラは正直に告白した。

「沖縄の人間は、本土《ヤマト》では、どうしたって異邦人なんです。その上、メグミはアメリカ生まれだから……彼女は、軍需工場にも働きにいったし、『千人針』も必死に作りました。自分だって日本人なのだと、一生懸命に主張していました。それでも、だめだった」

自分が学校に行っているあいだ、メグミは町内の婦人会でも孤立し、「アメリカ帰り」と蔑まれて、子供からも石を投げられたという。しまいには、捕虜収容所に連れていかれるかもしれないと、恐れをなして家にこもりっきりになってしまった。

「何度、学校を辞め、彼女を連れて沖縄に帰ろうと思ったかしれない。けれど……結局、できませんでした」

東京美術学校卒業の肩書きを得なければ、沖縄へ帰ったところで望んだような就職もかなわない。いずれ郷里の学校の美術教師にでもなれればと、タイラは思っていたのだった。

いまもそうだということなのだが、当時、「東京美術学校卒」というのは、相当なステイタスだったらしい。本格的な画家として自立できるようになるまでは、いかなる辛苦も乗り越えなければならないと、タイラは覚悟をした。同じ覚悟を妻にも求めたかったが、そのとき、メグミはかなり追い詰められた精神状態だったという。ただ静かに家の中に引きこもっているほかはなかったようだ。

終戦の前年、どうにか卒業したタイラが就職したのは、学校ではなく、帝国海軍航空本部だった。軍所属の従軍画家になったのだ。それで、南洋諸島に飛ばされた。壮絶な場面の数々が、新米画家を待ち受けていた。

自分の半生について、身振り手振りで表現豊かに語ってきたタイラだったが、南洋諸島に派遣された、というくだりで、急に言葉少なになった。そして、

「職業画家になって、最初に描いた作品は、戦争画でした」

ぽつりと言って、そのあとしばらく、次の言葉が出てこなかった。

私は、そのときの話を聞きたいような気もしたが、聞きたくない思いも同じくらいにあった。アランとジョンも、同様のようだった。アランはタイラをみつめていた視線を逸らし、ジョンは、わざとなのか、ぶっきらぼうにそっぽを向いていた。

そして、一九四五年。戦争が終わった。

終戦の瞬間を、タイラは、千葉県館山にあった航空基地で迎えたという。異様な光景であったと、タイラは、やはり言葉少なに語った。

「天皇が、初めて、ラジオを通じて国民に語りかけました。私たち日本人は負けたのだと……人々は、広場や、校庭や、焼け野原に集まって、地面に正座をして、一緒にラジオを聴きました。そして、皆、地面に額をこすりつけて、泣きながら、天皇の言葉を受け止めていました」

なんとなく、皆、黙りこくってしまった。気まずい静寂が部屋の中を満たした。狂った楽器のようなセミの声が急に大きく響き渡るのを感じた。

「そのあと、君は――帰ったんだね？」

ややあって、アランが、静かな口調で訊いた。

「帰ってきたんだね？　君のふるさとに」

タイラは、顔を上げて、私たちを見た。そして、こくりとうなずいた。

「帰らなければいけない。沖縄で、絵を描かなければ。そうすることで、故郷を復興できればと夢をみたんです。――簡単なことではないけれども」

サンフランシスコへと出かけていき、東京を経由して、ようやく帰り着いた故郷。七年ぶりにタイラが目にした沖縄は、完膚なきまでに破壊され、変わり果てていた。

タイラの父は早くに兵隊にとられ、戦死したことは知らされていた。母と、姉、弟の行方は知れなかった。すぐにでも探したい思いに蓋をして、タイラは、当時、恩納村《おんなそん》にあった琉球列島米国軍政府文化部芸術課所属の技官となった。

アメリカ軍政府は、沖縄人が歌、楽器、舞踊、芝居など、芸能に長けていることをよく知り、また、戦後の復興に芸術文化が役立つことも理解していた。

焦土と化した島に、人間らしい息づかいを取り戻すためには、芸術文化が妙薬となる。そこで、タイラのように、沖縄出身のすぐれた芸術家を積極的に技官に起用し、生活も支援して、学校の美術教員として派遣したり、明るい風景画を描かせたりして、沖縄人の気分高揚を図ったようだった。

しかし、一九四八年四月に、政策の転換で、米軍政府の文化部が解散となった。政府は、それまで雇っていた芸術家たちに自立を促すこととなる。

「芸術家同士集まって、自分たちで生活してみろ、絵を売ってみろと。急なことで、戸惑いましたが、いつまでも米軍政府に頼るわけにもいかないし、そんなら、やってみようかと、決心しました」

そのときの高揚感を思い出したかのように、タイラは、仲間の顔を眺め渡した。しばらく雲がかかっていたようだった画家たちの顔に、再び日差しが戻ってきた。

そうはいっても、沖縄人相手には絵を売ることなど到底できない。食べるのにせいいっぱいの庶民にしてみれば、腹の足しにならぬものなどは、金を払う対象ではないのだから。

いまの世の中、絵を売る対象は、米軍将校以外にはない。

皆で集まって、絵の具やカンヴァスなどを分け合い、アメリカ人相手に、みやげものとなる「売り絵」を描く。

アメリカ人はどこの家庭にも絵の一枚くらいは飾っているものだ、ほかにみやげになるようなものなど何もないのだから、きっと売れるはずだと、アメリカ帰りのタイラが、仲間を焚きつけた。

沖縄各地に散らばっていた画家たちが、三々五々、那覇へと集結した。美術村を見晴らしのいい首里あたりに作りたいと、軍司令部に皆で掛け合った。その結果、軍の認可も得て、小高い丘の上に森があるこの場所、北の森《ニシムイ》に、「アート・ヴィレッジ」が作られた――ということだった。

「そして、あなたがたが、ここへ足を踏み入れた最初のアメリカ人です」

そう言って、タイラは、長い身の上話を結んだ。

よく練られた冒険譚を聞かされたような、不思議な感動が私を包み込んだ。

私たちは、おそらく、その瞬間までは、出会いようもない人間同士だったはずだ。

太平洋を隔てて、西海岸と南の島にそれぞれ生まれ、医者と画家とになり、それぞれに大きな戦争を体験した。私は医師としていやおうなしにこの島へ派遣され、タイラは画家として故郷復興のために帰ってきた。そうして、その日、出会ってしまった。

アメリカ人と沖縄人、勝者と敗者、持つものと持たざるもの、支配するものとされるもの。私たちを分け隔てるものはたくさんあった。けれど、私たちには、それらのいかなる現実よりもはるかに強い、たったひとつの共通するものがあった。

美術《アート》。私たちには、アートがあった。私たちは、アートをこよなく愛していた。たとえ英語が話せなくとも、日本語がわからなくとも、私たちにはアートを見る目と心があった。

それは、一編のうつくしい詩に代わるもの。耳に心地よい歌に代わるもの。一杯の芳醇なワインに代わるものだった。

「ありがとう、エド」

タイラが言った。眼鏡の奥の瞳が、私をまっすぐにみつめていた。

「ありがとう。私の話を聞いてくれて。……今度は、あなたの話を聞かせてくれますか」

気がつけば、集落を包む森の周辺は、濃い夕闇に包まれ始めていた。

私たちは、互いの姿がすっかり闇に沈んでしまうのも気にせずに、いつまでも心地よく話し続けた。

もともとは英語が母国語だったはずのメグミは、タイラが話をしているあいだじゅう、ずっと黙って、彼の話に耳を傾けていた。日系二世として生まれ、いまは日本人となった彼女は、奥ゆかしい日本人女性としての性質を生まれもっているかのようだった。

メグミは、私たちの会話のあいだじゅう、微笑んだり、うなずいたりしていた。ときどき、くすくすと笑い声を立てた。出しゃばらずに夫を支えている感じが、私の中にある日本人女性のイメージとぴたりと合って、私は彼女に自然と好感をもった。

一歳になったばかりだという娘のミサオは、父の話がわかるかのように、指をしゃぶりながら、おとなしく母の胸に抱かれていた。

ニシムイの画家たちは、タイラの英語をわかっているのかいないのか、それでも、彼の話に懸命に耳を傾け、タイラが笑えば皆も笑い、苦しそうな表情になれば、やはり辛そうな顔を作るのだった。

そして、彼らは一様に、自作の絵を膝の上に抱いていた。メグミがミサオを抱いているように、彼らもまた、大切そうに、またいとおしそうに、自分たちが生み出した作品をそっと抱いているのだった。

「沖縄の言葉に、イチャリバチョーデー、というのがあります」

あたりがすっかり暗くなり、メグミがろうそくに火を灯したのを潮に、タイラが言った。

「出会った人は、皆、兄弟である。そういう意味です。兄弟になれば、皆で歌って踊るんです」

タイラは、壁に立てかけていたギターのような楽器――三線《さんしん》というのだとあとから教わった――を手に取ると、それをかき鳴らして、歌い出した。

今日ぬ誇らしゃや　なうにじゃなたてぃる（今日のうれしさは　何にたとえられようか）

蕾でぃ居る花の　サンサ　露ちゃたぐとぅ（つぼんでいた花が　露に出会って開いたようだ）

めでたい　めでたい

スリスリ　めでたい　めでたいめでたい

すると、円座になっていた画家たちが、口々に「ハ・イヤ！」「ハ・イヤ・イヤ！」と叫びながら、手拍子を始めた。私も、つられて手拍子をした。すると、アランもジョンも、一緒になって手を叩き始めた。

嘉例吉の遊び　打ちはりてぃからや（めでたいこの遊びで　うちとけたから）
夜の明けてぃ　太陽の　サンサ　上がるまでぃん（夜が明けて　日が昇るまで遊ぼう）
めでたい　めでたい
スリスリ　めでたい　めでたいめでたい

シマブクロとヤマシロが立ち上がって、指笛を吹き鳴らしながら踊り出した。ナカムラがジョンの腕を引っ張って立ち上がらせた。ジョンはすっかり乗せられて、見よう見真似で踊り始めた。こうなっては、アランも私も、踊らないわけにはいかない。

豊かなる御世ぬ　しるしあらわりてぃ（豊年の　しるしがあらわれて）
雨露の恵み　サンサ　時ん違ん（雨露の恵みも　時をたがわずもたらされる）

めでたい　めでたい
スリスリ　めでたい　めでたいめでたい

沖縄人は歌も踊りも楽器も、それはうまいもんだと、赴任直後にウィルに教えられていた。彼らは生まれついてのエンターテイナーだよ、と。

余裕ができたら、彼らの歌や踊りを見にいくといい。那覇の中心部に見世物小屋がある。これがけっこう、馬鹿にできないんだ。さしずめ南洋のデキシーランド・ジャズってとこかな。

私たちは、いつしか笑い合いながら、狭い部屋の中でくるくると旋回し、踊っていた。私は踊りながら、遠慮がちに手拍子をするタイラの妻に視線を送った。メグミは、私と目が合うと、はにかんだように笑った。

私たちは、そのとき、勝者でも敗者でもなく、占領するものでも占領されるものでもなかった。

私たちのあいだには、いかなる壁も、境界線もなかった。

私たちのあいだには、何枚かの絵があった。ただそれだけだった。それだけで、よかった。

4

狂おしい夏をどうにかやり過ごし、真昼に外を歩いても死にはすまいと確信できるようになったのは、十月の終わり、アメリカ本国ではハロウィンで町がにぎわう頃のことだった。

それでもまだ那覇では日中、華氏七七、八度あり、秋が深まりつつあるという気配はない。しかし、海から吹いてくる風には心地よさが感じられた。夏であり続けることをようやくあきらめた寂寥感が、がらんと乾いた基地の風景の中に微かに漂っていた。

故郷のサンフランシスコでは、秋が深まる頃、思い出したように夏が蘇ることがあった。

「小春日和《インディアン・サマー》」と呼ばれるその時期、市内の坂道やテラス付きのカフェテリアは、散策や日光浴を楽しむ人々でいっぱいだった。さわやかな風が吹き渡るテラスで、カーディガンを肩にちょいと引っ掛けて、クラムチャウダーがたっぷりと入ったサワドーブレッドと、できたてのナパ・ワインを楽しむ。シスコニアンならば、誰であれ、一年のうちでいちばん心地よいこの時期を逃すまじと、太陽と戯れるために出かけるのだ。

沖縄の夏の太陽は、まったく殺人鬼のようだった。夏のあいだ、この狂気の太陽とはこのさき一生仲良くなれそうもないと思ったものだ。照りつける日差しには、微塵も容赦がなかった。

もっとも暑い時期には、コンセットの中にいても、一日中バスタブにつかっているような気分だった。そんな中での診察は、過酷を極めた。

この暑さでは患者ならずとも精神的に参ってしまう。水分補給を怠らず、かつ適度に気分転換を図るようにと、チーフのウィルからは口酸っぱく言われていた。

初めて過ごす沖縄の夏を、私がどうにか音を上げずに乗り切れたのは、この「適度な気分転換」の方法と、それを実践する場所をみつけたからだった。

「あんたのそれは、もう気分転換とはいえないんじゃないの」と、ジョンには半ばあきれ顔で言われた。「そんなに好きなら、そっちのほうを本業にすりゃあいいじゃないか」などと。

同僚に揶揄されるほど私がのめりこんだのは、絵を描くことだった。

そして、私が絵を描くことへの情熱を再び取り戻すためのすばらしいお膳立てがニシムイにあった、というわけだ。

当初は、彼らが描く鮮やかな沖縄の風景画や美人画に好感を持ち、二、三の作品を買い求めるに過ぎなかった。

しかし、ニシムイに足を踏み入れた瞬間、私を強くその世界に引き込んだのは、作品ばかりではなく、なつかしい絵の具の匂いと、人なつこい画家たちの性質だった。

油絵の具の匂いがしみ込んだ空気を吸うのは、何年ぶりのことだったろう。それは、絵を描くことにひたすら没頭していたハイ・スクール時代の私を、ゆっくりと目覚めさせたのだった。

「まったく、うちの母さんは、息子がいくつになったと思ってるのかな。だいたい、こんなの、沖縄で着られるはずがないってのに」

月に一、二度、本国から軍関係者宛てに定期便が届けられる。ハロウィンを前にして家族から私たちへ届けられた箱を開けて、アランが嘆かわしげな声を出した。

彼の母親から送られてきた箱の中身は、カボチャのクッキーやアップルパイ、キャンディ、黒いマントと先の尖った山高帽だった。

「それ、食えんのか？」自分宛ての荷を開けていた手を休めて、テッドが横からアランの箱を覗き込んだ。アランは、すっかりつぶれてしまったアップルパイを手の上に載せて、「いや、だめだと思う」と首を振った。

「それよりも、そのマントと帽子。今年は基地内でハロウィンパーティーやるらしいから、アラン、魔女役で出ろよ」と、ジョンが面白がって言う。

「勘弁してよ。僕、仮装の趣味なんかないもの。女装は特にね」アランがため息をついて応えた。

実家から私宛てに届いた箱からは、印象派の画集や絵筆、小型のカンヴァス、大量のチューブ絵の具が現れた。

「またそんな、腹の足しにもならないものを……」

今度はこっちの箱を覗き込んで、テッドが言う。

「ほんと、あんたはお坊ちゃまだなあ。せっかく本国から送ってもらうんだったら、ウイスキーとかタバコとか、カワイ子ちゃんのピンナップとかにすりゃあいいのに」

「ママぁ、お願い、カワイ子ちゃんのピンナップ送ってよぉ」

ジョンが猫なで声を出したので、全員、噴き出してしまった。

私は、画材と画集を次々に取り出し、デスクの上いっぱいに置いた。最後に、マーガレットからのギフトボックスが登場した。こうして彼女がわざわざ実家からの荷物に何かを入れるのは、私がいなくともときどき私の実家に顔を出している、という証明のような気がして、うれしかった。

オレンジ色の箱の中身は、いっぱいのキャンディやチョコレートだった。短いメッセージカードも添えられていた。

『ニシムイの子供たちに、ハロウィンのギフトをあげてね。愛をこめて　マーガレット』

私は、思わずカードにキスをした。

それを見かけたアランが、「マーガレットから？　熱々だね」と、うらやましそうに言った。

「で、今度の休みにも行くんだろ？　それ持って」

私は、うなずいた。

ニシムイの画家たちに、新しい絵の具を届けられる。それを使って、自分も、新しい絵を描くのだ。

今度は、どこへ行こう。タイラたちと一緒に。

海を見渡す丘の上か、浜辺へ続く一本道の草原か。それとも、ガジュマルの大きな木の下か、フクギの並木道だろうか。

壺屋の窯の風景もいい。あちこちがめくれ上がった古びた石畳も、絵にしたらきっと面白い。

いずれにしても、首を絞めんばかりだった太陽の手は、力を弱めている。その手に撫でられながら、のんびりとスケッチできたら、さぞや心地よいことだろう。故郷の街角でスケッチブックを広げた、あの頃のように。

夏のあいだじゅう、休日になるたび、私はアランとともにニシムイへと出かけていった。

集落で過ごすことも多かったが、ポンティアックにタイラやそのほかの画家たちを代わるがわる乗せて、海を見晴らす丘の上や、浜辺へ続く一本道に出かけることもあった。

初めてドライブに出かけたときは、大騒ぎだった。助手席にアラン、後部座席にタイラ、シマブクロ、ナカザトを乗せて、ニシムイを出発した。こんなすごい車に生まれて初めて乗った、大統領の車みたいだ、空を飛んでいるみたいだと、画家たちは口々に——タイラの通訳を介して——私のポンティアックを称賛した。子供たちに行く手を封じられないようにと、タイラのナビゲーションで、集落のある道を避けて、荒れ野の中の道なき道を走っていった。そうして、小高い丘の上に行き着いた。

そこは、スケッチをするには理想的な場所だった。目の前をさえぎるものは何ひとつなく、海と空と大地だけが風景を構成していた。彼方に茅葺きの屋根がいくつか見えていたが、人の気配はなかった。草むらを吹き抜ける風の音が耳に響いていた。

ガジュマルの木陰に陣取ると、画家たちは、思い思いに、板に貼り付けた粗末な紙の上に、木炭でスケッチを描いた。私とアランは、その様子を風景の一部として、漫然と眺めていた。

そのうちに、私は、自分の手がむずむずするのを感じ始めた。

目の前には、広々と輝く空があった。青過ぎるほど青い海があった。強い日差しに照らし出されて、白く浮かび上がる一本道があった。ざわめく木々の緑があった。面と線、青と緑、そのただなかにぽつぽつと点る、ハイビスカスの花の紅。

光に満ちた世界。——何もない、けれどすべてが満たされている世界。

自分にも、何か描けるのではないか。

医者になると決めてからは、余計なことに心を奪われないように、私は絵を描くことへの関心に自ら蓋をした。イーゼルも、パレットも、絵筆も、クローゼットの奥深くしまいこんで、封印した。それでいて、捨ててしまおうとは決して思わなかった。

医者になって、結婚して、子供が生まれて、気持ちにも生活にも余裕ができて——そうする環境と状況が整ったら、もう一度絵を描いたらいい。そんなふうに思っていたのだ。

絵を描くことは、知的な遊戯のようなものだ。あるいは、好奇心を失わないための大人のたしなみのような。

そんなふうに考えて、格好つけていた。

それに比べて、この画家たちのたくましさはどうだろう。むさぼるようにみつめて、がむしゃらに描き写す。夢中で筆を走らせて、はつらつと彩る。そのエネルギー、情熱、個性。命のすべてで「描くこと」にぶつかる、荒々しい力強さ。

環境？　状況？　それがなんだっていうんだ。

目の前にあるものをひたすらに描く。みつめて、のめりこんで、一体化する。

生きるために描く。描くために生きる。

ほとばしる生命感が、そこにはあった。

足下からざわざわと風に吹き上げられるような感覚を、私は覚えた。そして、はっきりと思った。――私も、もう一度描いてみたいと。

しかし、それ自体を生きる糧としている画家たちに、自分も描いてみたい、と申し入れるのは、どことなくはばかられた。ところが、私が躊躇しているあいだに、なんとアランが言い出したのだった。

「絵を描くのって、難しいのかな。僕もやってみたい気がするんだけど……タイラ、どう思う？」

画家たちの様子を見ているうちに、むずむずしてきたのだという。それを聞いたタイラは、大喜びだった。

「ちっとも難しくなんかないさ。自分の中にあるものを、全部出して、ぶつければいいんだ。いいものも、悪いものも」

そして私は、半ばアランにつられるようにして、再び絵筆を握ることになったのだった。

アランはタイラに、まずデッサンの手法と構図の取り方を教えてほしいと申し入れた。するとタイラは、

「何格好つけてるんだよ。手法だとか構図だとか、くそくらえだ」

一笑に付した。

アランは、仕方なく、どうやって始めたらいいか教えてくれないか、と私に言ってきた。

「タイラの言う通りだよ。格好つけることないから、好きに描いてみれば？」

「でも、絵を描くのなんて、小学生のとき以来なんだよ。ミッキーマウスだって描けないってのに……」

「それでも、描いてみたいと思ったんだろう？　別に、見たままをそっくり写し取るのだけが絵じゃないさ。感じたままを描いた絵のほうが、どっちかっていえば、見るほうだってしっくりくるだろう？」

そうなのだ。アカデミックな手法にのっとった、実物そっくりの風景画や肖像画――隙のない題材、無個性な色彩となめらか過ぎる絵肌《マチエール》、かしこまった構図の絵画は、見ていてどうもしっくりこない。むしろ、ゴッホやゴーギャンやセザンヌのように、画家独

自の視点、つまりは個性がはっきりと出ている絵画に、私は強く魅かれるのだ。

「そういえば、タイラの作品もそうだね。優等生らしくまとまってはいないけど、カンヴァスに収まり切らない、無鉄砲な感じが面白い。表面的なものを追いかけているんじゃなくて、もっと内面的な何かをとらえようとして、がむしゃらに走ってるみたいな。それだけに、芯が強いっていうか」

アランのタイラ評は、実に的確だった。絵なんか描かないで美術評論を書けよ、と言いたくなるくらいだ。

アランは見よう見まねでスケッチを始めた。未使用のカルテを大量に持ってきて、その裏に鉛筆で描く。私も彼にならって、カルテの束に穴を開けて紐で結わえ、デッサン帳を作った。それを見た画家たちが、皆欲しがったので、全員分を作ってやった。「こんな白い紙、ひさしぶりに見た」とナカムラが片言の英語で言った。

ニシムイの画家たちはほとんどが東京美術学校卒業のエリートだったが、戦中戦後と画材不足に苦しんでいた。沖縄へ引き揚げてからは、琉球米軍《ライカム》政府の文化部に絵の具や画布の支給を要請したり、本土の知り合いを頼って絵の具を送ってもらったりしていた。しかしそれでも圧倒的に不足していた。画家たちは、軍の物資が入っていた麻袋を市場で調達してきてカンヴァスに仕立てた。あるいは、戦跡地へ出かけていって、パラシュートの残骸をみつけ出し、それを木枠に張ってカンヴァスにした。「パラシュート、花嫁衣装にもなる。貴重品」と、シマブクロが教えてくれた。

　タイラは、私たちに、サンフランシスコ時代から後生大事に使い続けているという絵筆のいくつかを貸してくれた。経済的に困窮を極めても、絵筆だけは売らなかったという。これは自分の分身だから、と。

　タイラに借りた絵筆は、フラット、レタッチ、フィルバートの三種類で、どれもよく手入れがゆき届き、なめらかな使い心地だった。もっとも、絵筆でなぞる画面自体が、麻袋で仕立てたカンヴァスなので、ごつごつして、ブラシが引っかかり、繊細なタッチには向かない代物だった。本土から仕入れたちゃんとしたカンヴァスもあったが、これは「アメリカー」――かれらは軍の人間をそう呼んだ――に売る作品を描くためのものだから、普段使いにはできないという。それを聞いた時点で、私は、次に実家から送ってもらう荷物の中身は、すべて画材にしてもらおうと心に決めた。

　私は、完成した小作品をタイラに見せた。照れくさかったが、命の次に大切な絵筆を貸してくれたのだ、それを使ってどんなものができあがったのか見せるべきだと思ったのだ。

　ひさしぶりに私が描いた絵は、丘の上から見晴らす風景でも、海へ続く一本道でもなかった。庭先に立っているミサオを描いたものだった。好奇心でいっぱいの目を大きく開いて、こちらをじっとみつめている。手には私が与えたチョコレートの赤い包み紙をしっかりと握りしめている。

タイラは、小さなカンヴァスを両手でていねいに持ち、目の高さに掲げて、黙ってみつめた。その様子は、絵の中のミサオそのものだった。しばらくすると、タイラは、「おーい、メグ。ミサオ」と、部屋の奥に向かって呼びかけた。

メグミがミサオを抱いてやってきた。私はますます照れくさかったが、モデルになってくれたミサオに敬意を表して、逃げ出したい気分をどうにか堪えた。

メグミは「まあ」と小さく感嘆の声を漏らし、やわらかな微笑を浮かべた。口もとには、ぷつんとえくぼが現れた。タイラが、何か沖縄の方言で娘に語りかけたあと、英語で言った。

「どうだい、ミサオ。これは、お前だよ。お前は、こんなふうなんだ。好奇心の塊みたいな女の子なんだ」

ミサオは、カンヴァスに描かれた自分を、真ん丸な目でじいっとみつめた。それから、父の顔を見て、にっこりと笑った。母と同じ小さなえくぼが現れるのをみつけて、私も思わず微笑んだ。

私とアラン、そして真新しいカンヴァスと絵の具を乗せて、真っ赤なポンティアックがでこぼこ道を走る。

集落を通りかかるたびに、「ギブ・ミー！」「ギブ・ミー！」と叫びながら、子供たちがいっせいに駆け出してくる。少しスピードを落とすと、たちまち囲まれて動けなくなってしまう。何人かの子供の手にハロウィンのキャンディを握らせて、ようよう動き出す。その繰り返しで、目的地にたどりつくのは容易ではなかった。

最初のドライブのときは、集落に立ち寄っても、子供たちは皆、おっかなびっくりだったが、いまではすっかり慣れっこになったようだ。遠くに赤い車影を認めると、道路を封鎖して、いっせいに「ギブ・ミー！」攻撃をしかけてくるのだった。

「だいたい、目立ちすぎるんだよ、まったくさ」首里の丘へと続く坂道を上りながら、助手席のアランが言った。

「こんな車、沖縄じゅう探したってほかにないよ。真っ赤なオープンカーなんて」

「いいじゃないか。おかげで、『あの派手な車に乗ってる人たちは悪さはしない』って、どの集落でも認められたんだし」

その頃、那覇では、軍の人間による「悪さ」が頻発し、問題になっているようだった。はっきりとしたことは、私たち医師には何も知らされなかった。が、どうやら、若い下士官や兵卒が夜な夜などこかへ出かけていき、ひとり歩きをしている女性を拉致して「悪さ」をする、というようなことがしばしば起こったようだ。基地内には、ピンナップガールごときでは我慢できない男たちがうようよしていた。

軍としては恥ずべきことである。当然、何があったかは即座に揉み消されたが、基地内では「誰々が『悪さ』をしたらしい」との噂が絶えなかった。上官が下士官を連れてきて「こいつの性癖をどうにかしてくれ」と頼まれることがときおりあった。何をしたのかを尋ねると、上官も下士官もはっきりとは答えない。それでは治療できないと言うと、業を煮やした上官が、「じゃあ外科に行ってこいつのいちもつを切り取ってもらうまでだ」などと息巻く始末だった。

当時、事態を重く見た琉球米軍政府《ライカム》は、「沖縄住民との友好関係を禁止する取締規定」を発布していた。

一、アメリカ軍関係者は品位を保持し沖縄住民より敬愛されるようにせよ。
一、アメリカ軍関係者は沖縄住民と交際した場合厳重に処罰する。
一、沖縄住民に対しては嫌疑をもって接すること。
一、道路上においても沖縄住民に対して愛想を言うなかれ。
一、アメリカ軍関係者が沖縄住民に対して物品を授与するなかれ。

しかし、私が着任した頃には、この規定はほとんど形骸化し、なんの役にも立っていないようだった。

事実、私もアランも、「悪さ」こそしないものの、ニシムイの画家たちと交際を始めてしまったし、作品との交換ではあるものの、物品の授与もしていた。規定に抵触することを平然と行っていたわけである。

ジョンは、「規定」を理由に、もうニシムイへは行かない、と宣言した。

「おれは絵心ないからな。あそこでの一夜は楽しかったけど、また行って絵を買わされるのはごめんだ」

あんなド派手な車で汚い街なかをうろうろするのもおれの性分じゃない、とも言った。彼は、沖縄の駐在にほとほと飽きているようだった。きちんと「規定」を守って早く本国へ還してもらいたいんだよ、彼はああ見えてけっこう生真面目なんだ、とアランがこっそり教えてくれた。

夏を過ぎる頃には、ニシムイの噂を聞きつけた軍人たちが、軍用車で乗りつけるようになっていた。本国への手土産にと、こぎれいな風景画や美人画はけっこうな値段で売れたようだ。そうやって、絵を売ることでニシムイの住人たちが自立していく様子を見るのは、喜ばしいことだった。

ポンティアックが、ゆるゆるとニシムイの敷地内へと入っていく。エンジン音を聞きつけて、たちまち、長髪にベレー帽を被った画家が家の中から飛び出してきた。

「やあ、エド！　やあ、アラン！」

顔いっぱいに笑みを広げて、片手を挙げて近づいてきたのは、セイキチ・タイラだ。

夏のあいだ、屋外でのスケッチを飽かず続けていたタイラは、髪も肌もすっかり日に灼けて、野生児のような風貌になっていた。笑うと、タバコのヤニで黄ばんだ歯が、にっとむき出しになる。さわやかという言葉からはほど遠いのだが、タイラの笑い顔を見ると、こっちもどうしても笑いたくなるのだ。

「やあタイラ。例の作品は、だいぶ進んだかい？」

絵の具を持ってきたことをすぐにも告げたかったが、タイラにオーダーした私の肖像画が、約束通りに進んでいるのかをさきに確かめなければならなかった。

「例の作品？　なんだっけ？」

「とぼけるなよ」私は、拳で彼の肩をつついた。

「ハロウィンまでに仕上げることになってただろ？　僕の婚約者へクリスマス・ギフトに送りたい、間に合わせるには、もうすぐに船便で出さなくちゃならないからって、説明したじゃないか」

「ええ？　なんて言ってるんだい？　おれ、英語得意じゃないから」

タイラはすっとぼけている。

「アナタハ、都合ガ悪イト、急ニ、英語、ワカラナクナルネ」

アランが日本語で言った。彼は、この数ヶ月で日本語を格段に上達させた。もちろん、ニシムイの仲間たちに教えられてのことだ。

タイラは苦笑して、答えた。

「もう、ほとんどできてるんだ。でも、なんていうか、もうちょっとこう、ディテールを描き込みたくて……あんたに、また、ポーズしてもらいたいと思ってね。だから、今日、あんたたちが来るのを、そりゃもう楽しみに待っていたんだよ」

タイラのほうも、驚くほどの英語の上達ぶりだった。私もアランも、思わず微笑んだ。

ニシムイの子供たちが、わあっと叫びながら私たちのところへ飛んできた。ほかの集落とたがわず、この芸術家のコロニーも驚くほど子だくさんだった。私たちの姿をみつけると、我さきにと集まってくる。ただし、ここでは、誰よりもさきにタイラが飛んでくるのがお決まりだった。

マーガレットが送ってくれたオレンジ色の箱を取り出して、小さな手のひとつひとつにキャンディやチョコレートを載せた。子供たちに混じって、ちゃっかりとタイラも手を差し出している。キャンディの代わりに、私はビリジアンの絵の具のチューブをひとつ、そこへ載せてやった。

「うわ、ビリジアンだ。しかも九号！」

きれいなトカゲでも発見したかのように、両手でチューブを大事そうに捧げ持ち、分厚い丸眼鏡を近づけたり離したりして、しげしげと眺めている。

「君のものだよ」

私が言うと、タイラは、顔を上げて私を見た。光を反射してきらめく海面のように、その顔は喜びでさんざめいていた。

規格家《キカクヤー》の中では、ニシムイの仲間たちと、それにメグミが私たちの到来を待っていた。

「ヘイ、みんな！　軍医さまが、ハロウィンのお祝いに、プレゼントを持ってきてくれたぞ！」

そう叫んで、タイラは、麻の布袋をどさりと板の間に置いた。おおっと歓声を上げて、画家たちは袋のひもを解いた。おびただしい数のチューブ絵の具が現れると、すべての顔がたちまち輝いた。

メグミは、娘のミサオを抱いて、いつものように控えめに隣室との境のあたりに佇み、その様子を眺めていた。私と目が合うと、はにかむような微笑を浮かべた。私は、彼女のところへ歩み寄ると、「いいものをあげよう」と、ミサオに向かってオレンジ色の小箱を差し出した。

「まあ、何かしら。ミサオ、開けてごらん」

メグミが英語でささやくと、ミサオは、小さな手を出して小箱の蓋を開けた。きれいな包み紙のキャンディをみつけると、タンポポの花が咲いたような笑顔になった。ミサオの口もとには、母親そっくりのえくぼがあった。メグミもまた、えくぼを作って微笑んだ。

「エドの婚約者が、『ニシムイの子供たちに』って、送ってくれたんだよ」

アランが横から口を出した。余計なこと言うなよ、と思ったが、

「本国では、ハロウィンだからね。『トリック・オア・トリート』のお菓子だ」

そう言うと、メグミは「なつかしい」とつぶやいた。

アメリカでは、ハロウィンの日には、子供たちが魔女や黒猫に仮装して、近所の家々を回る。「お菓子くれなきゃ、いたずらするぞ」と言う子供たちに、大人たちは「ハッピー・ハロウィン！」とお菓子をあげるというならわしだ。

「君も、子供の頃は仮装したのかい？」と訊くと、「ええ、まあ……」と、言い澱んで、そのまま口をつぐんだ。

伏せたまぶたを、豊かなまつげが縁取っている。浅黒い肌はつややかで、すこし汗ばんでいた。結い上げた髪のおくれ毛が、うなじに張りついている。そのうなじはすなおに伸びて、若々しい鹿を連想させた。

「エド。あんたの肖像画、見るかい？」

タイラが背後から声をかけてきた。はっとして、私は振り返った。

「ああ、ぜひ、見たいね。それに、今日じゅうに仕上げてもらいたいんだが」

答えながら、私は、タイラの隣に座った。タイラは、私の肩を叩いて、

「じゃあ、今日は一日じゅうポーズしてくれるか？」

「ああ、いいとも。もうかんかん照りでもないから、なんなら外でやってもいいよ」

「いや、だめだ。外は明るすぎる。ちょっと内省的なポートレートに仕上げたいから、ここで続きをやろう」

内省的《リフレクティブ》、などという言葉を、タイラはさらりと使った。私には、そういうことも新鮮だった。

そして、その日の午後じゅう、私はポーズを取った。

那覇近辺の風景画が掛かった壁を背景に、私は背もたれのない椅子に腰かけていた。上半身を少しだけ前に傾けて、膝の上で両手を組む。六十インチほど離れた目の前にイーゼルが立てられ、その上にカンヴァスを置いて、絵の具だらけのスモックを着込んだタイラが、パレットを片手に、悠然と絵筆を動かしていた。

アランは、スケッチブックを片手に、集落の広場へ出ていた。ここへ通い始めてから自分で絵を描くことに興味を持った彼は、画家たちとスケッチにいそしんでいるのだ。ときおり、遠くから笑い声が聞こえてきた。私と同じくらいか、私以上に、アランはニシムイで過ごす休日を楽しみにしているのだった。

「いいやつだよねえ」パレットの上の絵の具を絵筆の先で拾いながら、タイラが独り言

のようにつぶやいた。

「僕のことかい？」訊き返すと、

「アランのことだよ。いや、もちろん、あんたのことでもあるが」タイラが笑った。

「わかってると思うけど、沖縄人は、アメリカ人が怖いんだ。最近じゃ、よからぬ事件も起こってるからね。でも、アランやあんたは違う。女も子供も、怖がらないし」

「君は、最初から怖がらなかったじゃないか」

「おれは、アメリカ人によくしてもらったからね。日本人で、貧乏で、英語といえばハローとサンキューしか言えなくて、それでも、何よりも絵を描くのが好きだってこと、認めてくれたから」

　もしもアメリカに行かなかったら、自分は画家にはならなかっただろうし、メグミとも知り合わなかった。ミサオも生まれていなかった。ニシムイを創ることもなかったし、あんたとも出会わなかった。だからアメリカに感謝をしている、とタイラは言った。

　私は、たとえ外国人であっても、それを理由に才能ある若者を拒絶しなかった私の故国を、うっすらと誇らしく思った。そして、アメリカ人がこの地では恐れられているという事実を前にしても、私たちを受け入れてくれたタイラたちニシムイの画家に、感謝したい気持ちになった。

「もうちょっと、リラックスして。『退屈だ』って、顔に書いてあるぞ」

私は、思わず両手で顔をごしごしこすった。タイラがおもしろそうに笑った。

それにしても、モデルを務めるのは、想像以上に大変なことである。

肖像画を描いてくれないか、と申し入れたのは私のほうだった。タイラが描く風景画は、どれも力強く色彩豊かだったが、独特の雰囲気が醸し出されている人物像により強く魅かれたからだ。故郷で私の帰りを待っていてくれるマーガレットへ、クリスマスの贈り物に届けたら、どんなに驚くだろう。なかなかいいアイデアじゃないか。

タイラは、もちろん、このアイデアを喜んで承諾してくれた。

そんなわけで、その日は、一日じゅう、飽き飽きするまでポーズを取った。いつもはおしゃべりなタイラなのだが、カンヴァスと向かい合っているときは、ひたすら描くことに没頭して、しゃべることなどすっかり忘れてしまうようだった。

画家たちと賑やかに騒ぐ時間も楽しかったが、私は、タイラと一対一で向かい合うこの時間も好きだった。タイラのまなざしは、刻々と変化した。かっと照りつける夏の日差しのように鋭くなるかと思えば、日だまりにも似たおだやかさにもなった。朝日のようにも、夕日のようにもなった。

画家のまなざしとは、太陽の光のようなものなのだ。

モデルの「内省的な」感じを引き出そうとして、隅々まで私を照らそうと視線を注ぐタイラと向き合いながら、そんなことを思った。

そして、結局、肖像画は完成しなかった。タイラは懸命に言い訳をした。あと少しだけ描きたいんだ、もうちょっとだけ、あんたと向かい合いたいんだよ。だからさ。次の休みも来てくれるだろ、エド？


ニシムイの画家たちの中に、ひとりだけ、風変わりな男がいた。

エイコウ・ヒガというその画家に私とアランが会ったのは、ハロウィンの次の休日、ニシムイに出向いたときのことだった。

さわやかな秋空がどこまでも広がる、屋外のスケッチにはうってつけの日だった。肖像画のポーズを取るのが少しおっくうに感じられ、せっかく気候もよくなったし、スケッチ・ドライブに出かけようと誘ったところ、連れ出してほしい仲間がいる、とタイラが言った。何か、思い詰めたような口調だった。

ほかの画家たちが、不満げに、タイラに向かって何か言ったが、タイラは、ちょっと来てほしいと、私たちを連れて、集落の外れへと向かった。

「ここの住人にはもう全員会ったと思ってたのに、まだいたんだね」

アランが、ひそひそ声で私に言った。いままで紹介されなかったことを、不審に思っているようだった。私も同じ気持ちだった。

前を歩いていたタイラが、ふいに立ち止まった。そして、振り向きざまに言った。

「ヒガは、こんなところでくすぶっているような芸術家じゃないんだ」

エイコウ・ヒガは、他の画家たちとは違って、東京美術学校卒業ではない。あまりにも個性的で、同校に入学したものの、卒業できなかったのだという。結局、停学となり、戦後になって引き揚げてきた。タイラとヒガは、もともと学校で知り合っていたのだが、引揚者が一時的に収容されたインヌミ収容所で、「芸術家」のグループに分けられ、そこで再会を果たしたということだった。

ヒガの暮らす場所は、集落の外れにある打ち捨てられたような掘建て小屋だった。ほかの家が粗末ながらも創意工夫に溢れているのに対して、その小屋はそのへんに落ちている木片を拾ってきて即興で作ったかのような、吹けば飛びそうな印象だった。戸口に下がっている筵《むしろ》をたくし上げて、「ヒガ、ヒガ」と、タイラが呼びかけた。

「どっちが出てくるんだろう。知られざる賢人か、はたまた世捨て人か……」

アランがつぶやいた。私は、肩をすくめて見せた。

「だめだ。あいつ、昼間から酒飲んでて……ちょっと、中に入ってくれるか」

タイラに促されて、私たちは、こわごわ、筵の戸口をくぐった。

そこで私たちを待ち構えていたのは、賢人でも世捨て人でもなく、とてつもない絵画だった。

狭い小屋の中は、薄暗く、澱んだ空気が満ちていた。安っぽいアルコールの匂い。北向きの窓は開いているものの、まったくの無風状態だった。

内壁は土が塗ってあり、その壁をいっぱいに覆うようにして、布が張り巡らされている。その布いちめんに、真っ黒い絵の具が飛び散っている。飛び散る絵の具の間に間に、不気味な白い顔が見え隠れしている。一見して、それは、さまよえる死者たちの肖像のようだった。

私は、即座に自分の肌が粟立つのを感じた。嫌悪なのか、感動なのか、わからなかった。無風の部屋の中で、突風にさらされたような気がした。

絵の前に、ごろりと転がる体があった。屍《しかばね》のごときその体は、タイラに二度、三度と揺すぶられて、ようやく息を吹き返した。

アランが、ほっと胸を撫で下ろす。そして、「死んでるのかと思った」とつぶやいた。

タイラに支えられて、ヒガはどうにか起き上がった。焦点の合わない目を私たちのほうに向けると、

「××××、××××！」

突然、大声でわめき出した。アランと私は、泥の玉でも投げつけられたかのように、瞬時に身を竦めた。

タイラは懸命に何ごとか語りかけ、ヒガを落ち着かせようとした。しかし無駄だった。

ヒガは、突然、自分で自分の着物をむしり取り、それを板の間に叩きつけて、その上に飛び乗ると、わあわあ叫びながら踏みつけた。目は血走り、口からは涎《よだれ》が流れている。幻覚症状《ハルシネイション》が疑われる、異様な行動だった。

「タイラ、彼を前から押さえてくれ」私はとっさに言った。「僕は背中を押さえる。アランは足を頼む。とにかく横にするんだ。タイラ、彼が落ち着くことを、なんでもいいからやさしく語りかけて」

ヒガは手足をばたつかせて暴れたが、この手の患者にどう対処したらよいか、アランも私もよくわかっていた。どうにか横たわらせて、手足を押さえつけ、正面からはタイラが静かな声で語りかけるうちに、ヒガは次第に落ち着きを取り戻した。

私は彼の手を取り、腕時計を見ながら脈を測った。ヒガは、為されるがまま、ぐったりとして、焦点の合わない視線を空中に放っている。アランは「メグミに水をもらってくる」と、小屋を出ていった。

板の間に敷いた筵の傍らには、酒壺がいくつも転がっていた。それを見て、タイラは、いかにも残念そうな声を出した。

「また全部酒に使ったのか……」

タイラの話では、ニシムイの住人になったものの、ヒガの絵はあまりにも売れず、食うにも困るありさまなので、メグミにはヒガの分も食事を作ってもらっているという。

とはいえ、自分たちの生活も困窮していて、このままでは共倒れになってしまう。なんとかヒガに自分の力で生きていってもらえるようにと、タイラは彼を壺屋の焼き物の工房に紹介した。そこでヒガは、陶工たちにまじって絵付けの仕事を請け負っている。そして、わずかながらも賃金を得ているが、そのほとんどを酒代に費やしている——ということだった。

私は、顔を上げて、横たわるヒガの背後に張り巡らしてある画面をもう一度見た。なんという、不吉な絵だろうか。

暗闇の中に浮かび上がる幾多の白い顔。空洞のような真っ黒い目が、いっせいにこちらをみつめている。物言わぬ視線が、じわじわと圧倒してくる。私は、息苦しくなって、思わず目を逸らした。

「なぜ、こんな絵を描くんだろうか、彼は」

私は、タイラに問うた。

「絵を買うのは、僕ら軍の人間だろう？　こんな暗い絵、誰も欲しがらないよ。君や、ほかの画家たちが描いているような、きれいで、明るくて、故郷への手みやげにもちょうどいいと思えるような絵でなくちゃ……」

突然、タイラが立ち上がった。私は、ぎくりとして、彼を見上げた。

タイラは、私をじっと見据えていた。いつもの好奇心に満ちた目ではなかった。冷たく燃える怒りの炎を宿した目だった。

「……帰ってくれ」

タイラが言った。冷えびえとした声だった。

「仲間を侮辱するやつは、誰であれ、許さない。いや、あんたは……ヒガを侮辱しただけじゃない。おれたちが信じているものを、侮辱したんだ」

「タイラ、待てよ。落ち着いてくれ」私は、戸惑いながら立ち上がった。

「僕は、君の仲間を侮辱しようだなんて、これっぽっちも思っていないよ。ただ……生きていくためには、売れる絵を描くのは仕方がないことだろう？　買い手に望まれるものを提供するのは、あたりまえの話じゃないか。だから……」

「黙れっ！」タイラが叫んだ。

「黙れ、黙れ、黙れ！　知ったようなことを言いやがって！　おれが……おれたちが、どんなに苦しんで描いてるのか、知らないくせに！」

タイラは、床に転がっていた酒壺のひとつを取り上げると、壁に向かって投げつけた。鈍い音を立てて割れた壺の破片が、ちょうど筵をたくし上げて入ってこようとしたアランの足下に飛んでいった。アランは目を見開いて、タイラと私を見た。

「どうしたんだよ、ふたりとも？」

タイラは、肩で息をしながら私をにらんでいる。私は、はっとした。その目に、見る見る、涙があふれてきたのだ。

「クソ野郎。アメリカーなんて……アメリカーなんて……さっさと本国へ帰っちまえ！」

そう言い捨てると、タイラは、アランの横をすり抜けて、小屋から飛び出していった。

アランは、何か問いたそうな目を私に向けていた。私は、言葉をなくして、足下に視線を落とした。

割れた酒壺の破片が、視界に入った。青緑と焦げ茶色の、水玉模様。やさしげな、いかにも一般受けしそうな意匠。

タイラと、彼の仲間が信じているもの。

それが、いったい何であるのか。

私には、わからなかった。それこそが、画家の神秘なのかもしれなかった。

画家である喜びと、苦しみと。

その片鱗に触れ、私は、ただ戸惑うばかりだった。

5

十一月の初め、沖縄に台風が上陸した。

基地内の気象観測チームから、全軍に情報が飛んだ。暴風域は沖縄本島全土に及ぶ最大級の規模。つづいて軍司令部より外出禁止令が発令、同時に、日のあるうちにコンセットの周辺に杭を打ち、縄で繋ぎ止める作業にかかるよう指令が通達された。

私たち精神科医療チームも、全員ヘルメットを被り、レインコートを着用して、手に手に縄と木槌を持って外へ出た。風はすでに猛烈で、一歩前に足を出すのもままならぬほどだ。

「エド、アラン、できるだけ力いっぱい、深く杭を打ってくれ。ジョン、縄を渡して。テッド、コンセットの反対側にいってジョンの縄を受け取ってくれ。おれも引っ張るから」

チーフのウィルが、手早く作業の役割分担をした。私とアランは、何本もの杭を両腕いっぱいに抱えてコンセットの周辺に運ぼうとした。うわあっ、と叫び声が聞こえて、アランが杭ごと後ろにひっくり返るのが見えた。私は杭を放り出して、アランのもとに駆け寄った。アランは両手を振り回して「め、眼鏡、眼鏡。エド、眼鏡を拾ってくれよ」と情けない声を出した。泥の中から拾い出した眼鏡は、私が踏んでしまったようで、フレームがぐにゃりと曲がっていた。

「すみません、ウィル。アランの眼鏡が壊れてしまって、彼はこれ以上作業できないようですが」

必死に縄を渡しているウィルに報告すると、「馬鹿野郎！」と頭ごなしにどなられた。

「眼鏡なんかなくたって、ただ杭をぶち込めばいいんだよ！　お前ら死にたいのかッ！」

アランは極度の近眼なので、眼鏡なしではいかなる作業も円滑にはできない。それでも、「さすがに死にたくはないからね」と、ほとんど勘で杭を打った。

日が落ちる頃にはコンセットを縛りつける作業はどうにか終わったが、焼け石に水とはこのことだろう、暴風はますます勢力を強める一方で、すぐにでもすべてが吹き飛ばされそうだった。

全員、いちおうコンセットの中に入りはしたが、すぐにウィルが「貴重品をまとめとけ」と言った。

ん ぞ」

「この感じだと、一時間ともたないかもしれん。退去命令が出るのはまもなくかもしれんぞ」

せっかく縛りつけたのに、と言いたかったが、またどなられるのがおちだ。他のメンバー同様、私も黙って身の回りのものを片付け始めた。

身分証明書、マーガレットの手紙、絵の具と絵筆を軍支給のナップザックに詰め込む。マティスの画集も入れようとしたが、横からテッドが口を出した。

「んなもん、置いてけよ。足手まといになるだけだ」

「大事なものなんだよ、ほっといてくれ」私は言い返した。「なかなか手に入らない画集なんだから」

ったく、とテッドはいまいましそうに舌打ちをした。

「あんたは新入りだからわからねえんだよ。ここの台風が、どんだけおっかないか」

ガタガタ、ガタガタとコンセット全体が揺れる。それに合わせてランプの灯も揺れた。

心細い明かりの下で、アランはひん曲がった眼鏡のフレームを一心不乱に直していた。

「僕がやろうか？」と申し出ると、「いや、いいんだ。ときどき、こうしちゃうから……直せるよ」と、必死に集中している。

すっかり疲れてしまった。ほんの少しでいい、靴を脱いで横になりたいと思い、靴ひもを解き始めると、「だから、やめろって」とまた、テッドが横やりを入れてきた。

「三分後に退去命令が飛んでくるかもしれないんだぞ。靴脱いだらおしまいだ。レインコートも脱ぐなよ」

私はため息をついた。そして、レインコートと靴のままで、ベッドにどさりと身を投げた。そのまま、目を閉じる。

――どうしているだろうか、ニシムイの仲間たちは。

ヒガの一件があってから、一週間が経った。次の公休まで、あと五日あった。けれど、次の休みにニシムイに行けるかどうか、自信がなかった。

この台風の片付けに、どのくらいかかるかわからない。台風のせいでけが人も出るだろうし、急患も増える可能性がある。休み返上で診察にあたらなくてはならないかもしれない。

いいや、違う。全部言い訳だ。ほんとうは、タイラに会う勇気がないんだ。

タイラに投げつけられたひと言が、胸に鋭く突き刺さったままだった。

――あんたは、おれたちが信じているものを、侮辱したんだ。

大切な宝物を壊されてしまった少年のように、まっすぐに怒っていた。そして、目に涙をいっぱいに浮かべていた。

私は、あのとき、タイラに向かってなんと言っただろう。

君ら画家は、軍人が好む絵を描くべきだ。きれいで、明るくて、故郷への手みやげにいい絵でなくちゃ。――そんなふうに、言ったのだ。

馬鹿な。……なんて、馬鹿なことを。

私は、タイラの――いや、ニシムイの芸術家たちの中でそっと息づいていた自尊心を、傷つけたのだ。

日本も、アメリカも、戦争も、貧しさも――いかなるものも侵し得なかった、彼らのもっとも大切なものを。

日章旗の下《もと》にあっても、そしてそれに星条旗が取って代わっても、抗うことなく、ひそやかに、しかし絶え間なく燃やし続けてきた彼らの誇り。――自らの意志で描き続ける芸術家であること。

彼らのたったひとつの誇りを、私は踏みにじった。

自分の軽薄な言葉を、どれほど悔やんだかわからない。

もう二度と、ニシムイへ行くことは許されないかもしれない。

会いたいけれど。……会って、謝らなければいけないけれど。

――タイラ。メグミ。ミサオ。ニシムイのみんな。

この嵐の中、どうしているのだろうか。

ウィルの予想通り、私たちのコンセットはまんまと強風に飛ばされ、きれいさっぱり、跡形もなくなった。

吹き飛ばされる数分まえに、軍司令部から無線で連絡が入った。全兵、貴重品のみ持って格納庫へ移動せよ。医師たちは全員医療局のフラットへ避難せよと。ヘルメットを被り、ナップザックを背負って、私たちは迎えにきた医療局のジープに乗り込んだ。車ごとひっくり返りそうになりながら、どうにかモルタル建てのフラットへ逃げ込み、毛布にくるまって、まんじりともせずに朝を迎えたのだった。

基地内の兵舎は七割がた吹っ飛んでいた。あまりにも見事に建て屋がなくなったので、いっそ面白くなり、私たちはベッドや机が残されただけで天井と壁のなくなった「部屋」に集まって、抜けるような青空を背景に記念写真を撮った。テッドがカメラを持っていたのだ。私には画集なんか持っていくなと言っていたくせに、彼はちゃっかりと趣味のカメラ一式、ナップザックにいちばんさきに詰め込んでいた。

ありがたいことに、私の愛車は元通りの場所にちゃんと留まっていてくれた。辺りいちめん瓦礫だらけになってしまった中で、赤い車体を朝日に照り輝かせている。

「なあエド。こいつがこうして無事でいる理由がわかるか？」

車の様子を一緒に確認しにきたジョンが、皮肉たっぷりに言った。

「台風よりも荒くれた基地内の野郎どもにだって、いたずらもされずにいるじゃないか。

なんでかって言えば、あんたが睡眠薬を処方してくれる大事なお医者だからだよ。さもなけりゃ、こんなキザな車、とっくにボコボコにされてるって」

「そりゃ、そうだね」と私は苦笑して応えた。ジョンは、ふん、と鼻を鳴らすと、

「気にならないのか。あの芸術家たちの掘建て小屋。ぜんぶ、吹っ飛んだに違いないぜ？」

唐突に、ニシムイの話に水を向けた。

この頃は、私とアランが休日のたびにニシムイに出かけるのを横目で見ていたジョンだったが、意外にも、ニシムイの住人がどうなったのか気にしているようだった。

「そうだね。あっちも大変だろうけど、こっちも大変だから、まだ行かないでおくよ」

本音を言えばすぐにでも飛んでいきたいところだったが、何気ないふうで私は言った。

「そうか。まあ、そうだな」

そっけなく相槌を打つと、ジョンは、ポンティアックの濡れて輝く車体を眺めていたが、思い切ったように言った。

「あのな。ニシムイの、タイラのカミさん、いただろ。英語がしゃべれる、あの……メグとかいう彼女」

どきりと心臓が大きく波打った。

「ああ、メグミ？　彼女が、どうかしたの？」

ジョンが何かおかしなことを言い出すような予感がした。

「このまえの非番の夜にさ……『アーニー・パイル』の裏手にできた軍人向けのバーに行ってみたんだよ。まあ、バーっていっても掘建て小屋に毛が生えたみたいなもんだけど……えらく英語のうまい沖縄美人がいるって噂でさ。で、それがメグミだったんだ」

高波にさらわれるかのように、ひやりとした。その感覚に抗うように、へえ、と、できるだけ関心のなさそうな声色で私は言った。

「ほんとに彼女だったのかい？」

「間違いないよ。おれを見た瞬間に、びっくりしたような顔してさ。おれもちょっと面食らったけど……『このまえはどうも』って、向こうのほうから声かけてきたぜ」

終戦から三年しか経っていない沖縄では、飲食店はまだ珍しかった。しかしながら、楽団の演奏会や芝居の上演なども行われる映画館「アーニー・パイル国際劇場」やダンスホールなども――いずれも掘建て小屋に毛が生えた程度のものではあったが――開設され、軍関係者が憂さ晴らしをできるような場所も少しずつだが生まれていた。中でも女性が接客する飲食店は人気で、ヤミ流れのアルコール類で一杯やりつつ、女の子を口説くのが軍人たちの楽しみになっていた。それができない連中は、道行く一般女性に「悪さ」をするのだから、バーに通う軍人はまだ文化的なほうだった。

沖縄では、私は女性付き飲食店の未経験者だったから、そこで軍人と女性たちがどんなやり取りをするのかを、正確には知らなかった。けれど、そこで行われるであろうやり取りを容易に想像することはできた。

バーの女性たちは軍人に対して積極的なのだと、以前テッドが言っていた。彼女たちの目には、自分たちは宝の箱を背負ったハトのように見えているんだと。

「それで……どうしたんだい、彼女と」

私は、ジョンとメグミが親しげにしているのをいままさに見てしまったかのように、ぎくしゃくして、ジョンに問いかけた。

「彼女と、何かやり取りがあったのか？」

「別に、何も」足下に転がっているカーキ色の缶からをつま先で転がして、ジョンがつまらなそうに言った。彼もまた、わざと無関心なふうを装っているように見えた。

「将校が、べったり彼女にくっついてたからよ。でっぷりした、偉そうなおっさんでさ。どっかで見た顔だったけど、おれもあっちも名乗らなかった。メグミのことは、ルーシーって呼んでたな。源氏名なんだろ、きっと」

ジョンは缶からをぴたりとつま先で止めてから、思い切り蹴った。缶からは、乾いた音を立ててひび割れた土の上を転がっていった。

私は、自分の中にある何かを一緒に蹴飛ばされたような気がした。苦々しい感情が、胸を薄暗く覆っていた。

メグミが——まさか。

タイラは、知っているのだろうか。

いや、きっと知らないはずだ。軍人向けのバーで働けば、おかしな誘惑があるとわかっている。そんな場所に妻を行かせるわけがない。

ルーシーだって？　馬鹿な。いくら英語がしゃべれるからって、夫と娘を置いて、まさか——まさか。

「まあ、気の毒なこった」ため息と一緒に、ジョンがつぶやいた。

「芸術家コロニーだかなんだか知らんけど、あんな掘建て小屋にちまちま集まって住んでさ。まるでニワトリの集団じゃないかよ。いつ引っ掛かってくるかもわかんないお客を待って、布切れに絵を描いて暮らしてるなんて、みじめすぎるぜ。バーで将校を引っ掛けたほうが、よっぽど稼ぎになる——」

「——黙れ！」

自分でも驚くほどの大声で、私は叫んだ。ふいに頰を打たれたように、ジョンが驚きのまなざしを私に向けた。

ジョンの胸ぐらをいきなりつかむと、私は、腹の底からこみ上げる怒りをぶつけた。

「それ以上言うな。それ以上言ったら——ぶん殴る」

よほど驚いたのか、ジョンは、とっさに言葉が出てこないようだった。ごくりと唾をのみ込む音が聞こえた。「わ……わ、わかったよ」と、舌をもつれさせながら答えたので、私はようやく引っつかんでいた胸ぐらを乱暴に離した。

気まずい沈黙が流れた。私たちのあいだを、生温い風が吹き抜けていった。

脳裡には、私に向かって思い切り怒りをぶつけてきたタイラの顔が浮かんでいた。微笑みながらミサオを抱くメグミの姿も。

おれたちが信じていいるものを、侮辱したんだ——。

ややあって、ジョンが重たい口を開いた。

「よっぽど、苦しいんじゃないのか。彼ら……生活が。その……だからさ。おれも、連れてってくれよ。次の休みにさ」

ニシムイで、ひとつでもふたつでも、絵を買おうと思う。そして、故郷の母親に送ろうかと。

「丸三年、お袋に会ってないんだ。一度くらい、気の利いたクリスマス・プレゼントを贈らないとな」

私は、うつむけていた顔を上げて、ジョンを見た。ジョンは、顔を逸らして、さっき蹴った缶からが転がっていった方向に視線を投げた。

「ああ。……もちろん」

私は、ジョンの横顔に向かって言った。

「でも、そのまえに……僕を連れていってくれないか。そのバーに」

砂埃が舞い上がる狭い路地裏の、粗末な家々がごみごみと建て込んでいる中に、ひどく肩身の狭い様子で、くだんのバーは薄暗い明かりを灯していた。

ジョンと私は、那覇の中心部へ行く軍のトラックに乗り込んで出かけた。ポンティアックで行こうとしたのだが、「やめとけ」とジョンに言われた。夜、路上に駐車なんてしたら何をされるかわからない。ハンドルからホイールキャップまできれいに分解されて持っていかれちまうぞと。

表通りにあるテント張りの「アーニー・パイル国際劇場」からは、にぎやかに音楽が漏れ聞こえていた。「南の星楽団」というバンドが歌謡曲を奏で、たいそう人気なのだと誰かが言っていた。裏通りでは仕事を終えて一杯やりにきた軍人たちがうろうろしていた。彼らは、気持ちのいい宵に歌謡曲を楽しもうという健全な考えの持ち主ではないことが、一目でわかるのだった。

「WELCAME」とスペルの間違った英語のペンキ文字が書かれたドアを開ける。路地に入ってからずっと激しく鼓動していた私の心臓は、店の中に足を踏み入れた瞬間に、ぴたりと止まりそうになった。

赤いペンキが塗られた裸電球が下がる粗末なカウンターの向こうに、ふたりの女性が並んでいた。ひとりは見知らぬ中年の女、そしてもうひとりは、確かにメグミだった。

メグミは、襟ぐりの大きく開いたワンピースを着て、でっぷり太った将校の話し相手になっているところだった。将校は、ソーセージのような指で、カウンターの上に乗せられたメグミの手の甲をくすぐっていた。メグミは、くすくすと笑って、「やめてよ。やめてったら」と、流暢な英語で、娘のような声を出している。私は凍りついて、ドアの近くに立ち尽くしたまま、動けなくなってしまった。

「あら、いらっしゃい。あなた、このまえも来たね。今日、友だち、一緒ね。ありがと、ありがと」

バーのマダムとおぼしき女が、ジョンの顔を見て、片言の英語で話しかけてきた。メグミがこちらに顔を向けた。私と目が合った瞬間に、彼女もまた凍りついた。

「タバコ、いる？　キャメル《シカグワー》？　ラッキーストライク《アカダマー》？」

「アカダマー、くれ」カウンター席に座って、ジョンが言った。振り向くと、「ほら、座れよ」と、棒立ちになっている私を促した。

私は、重たい足を前に押し出すようにして、ジョンと将校のあいだの席に座った。メグミは、何か禍々しいものに遭遇したかのように、ぱっと顔を背けた。

「どうした、ルーシー。急にご機嫌斜めだな」将校の甘ったるい声がした。

ラッキーストライクの箱が右隣から差し出された。私は、無言で首を横に振った。ジョンは小さく舌打ちして、一本をくわえると、ジッポーで火をつけた。

マダムがコップをふたつ、カウンターの上に並べた。コーク瓶を半分に切って作ったコップだった。そこに茶色い液体を入れると、私の目の前に置いた。強いアルコールの匂いがむっと立ち上る。

「得体の知れない酒だけど、このまえ試して安全は実証済みだ。ちょっと舐めてみろよ。なかなかのもんだぜ」

ジョンに言われて、思い切ってあおった。脳天まで貫かれるような、強烈な酒だった。

「特別な酒よ。沖縄の古酒《クース》。あたしのおっかあ《アンマー》が、戦争で、それ、入ってる壺、抱いて死んだよ。だから、うんと値段高いよ」

そう言って、マダムは、ふふふ、と笑った。

「もう一杯くれ」やけになって、私は言った。イエッサー、とマダムは、足下から酒壺を持ち上げて、コップになみなみと茶色い液体を注いだ。私はまた、勢いよくそれを飲み干した。

「おいエド、あんたあんまりいける口じゃないんだろ？　ひっくり返るなよ」

ジョンがタバコをくゆらせて忠告した。けれどすでに、視界がぐにゃぐにゃし始めていた。

私は、ようやく顔を上げてメグミを見た。メグミは、こっちを向こうとしない。

「どうしたんだ、ハニー? こっち向けよ。かわいい顔を見せておくれ、私のルーシー」

気味の悪い、将校の囁き声。でれっとした、しまりのない白ブタに似た顔。急に、苦酸っぱいものがこみ上げてきた。私はあわてて席を立つと、転がるようにして外へ出た。そのましゃがみ込んで、道端に吐いた。

荒い呼吸の中で、背中を懸命にさする手に気がついた。

メグミだった。水の入ったコップを、無言で私の口元に押しつけた。私は、それをごくごくと飲んだ。体の真ん中を清水が流れていくようだった。私は大きく息をついた。

「……あなたにみつかっちゃったら、もう、おしまいだわ」

メグミの声がした。私は、黙って彼女をみつめた。彼女は、やはり私と目を合わせようとせずに、道端の暗渠に視線を落としていた。

「……タイラには秘密で、ここに勤めてるのか?」

私の問いに、メグミは力なくうなずいた。

「夜勤で壺屋の窯番をしてるって、夫には言ってるの。週に二、三日……」

私は、暗がりの中で、いまにも泣き出しそうなメグミの顔を、無言でみつめるほかなかった。

ジョンが指摘していた通り、いつやってくるかもわからない将校相手に絵を売るニシムイの生活は、苦しいものに違いない。

タイラとメグミは、育ち盛りの子供を抱えているし、さらには村の仲間、アルコール依存症のヒガの面倒もみている。家計の逼迫は、かなりのものなのだろう。タイラはあの性格だ、絵を描くこと以外で収入を得ようとはしないのだろう。

生活のためにメグミが働きに出たとしても、責めることはできない。

沖縄の女たちはたくましいのだと、以前、ウィルが言っていた。戦争で働き手たる男たちの多くを亡くした。残された女たちは、それでもどうにか生きていこうと前を向いている。が、それにも限界があるのだと。

軍人相手の商売が、もっとも手っ取り早く高収入につながるのだ。女たちが夜の町で働くのは、切羽詰まっているからにほかならない。彼女たちは虎視眈々と狙っている。うまくいって「アメリカーの愛人《ハーニー》」にでもなれたら、一族郎党、金に困ることはなくなるのだから。

ウィルは、憐憫と軽蔑の両方をこめて、沖縄の女たちの現状について新入りの私に言い聞かせたのだ。

いいか、だから決して彼女たちに手を出すな。素人は当然、売春婦にもだ。ここの基地には、売春婦にうつされた性病患者がくさるほどいる。

人妻はもっとも危険だ。色ボケの軍人を釣り上げようと、だんなが裏で糸を引いていることもある。人妻に引っ掛かったら、何もかも、全部持っていかれちまうぞ。

「……ここじゃなくて、別のところで働くことはできないのか？」

メグミがこんなところで好きこのんで働いているはずはない。私は、どうにかして彼女をここから抜け出させてやりたかった。

メグミは、彫像にでもなってしまったかのように、険しい表情のままでぴくりとも動かない。かまわずに、私は続けた。

「君は、英語もしゃべれるし……たとえば、軍の施設で働いたらいい。基地には、食堂も売店もあるんだから」

そうだ、ひょっとすると看護婦補佐にでもなれるかもしれない。軍病院は、いつも人手が足りなくて困っている。英語ができる看護婦補佐なら、願ったりかなったりじゃないか。

そう思いついたとき、「どうしたんだ、ハニー？」と、背後で声がした。

はっとして振り向くと、例の将校が立っていた。かなり酔っている。足下がおぼつかない様子だ。

「すみません、気分が悪くなって……彼女が水を持ってきてくれて、助かりました」

私は、少しよろめきながら立ち上がり、慇懃に言った。

「なんだ、貴様は。おれのルーシーに手出ししようってのか、ああ？」

目が完全に据わっている。前につんのめってきそうになったが、「やめて」と、メグミがとっさに私の前に立ちはだかった。

「ちょっと飲み過ぎなんじゃないの。今日はもう、帰ったほうがいいわ。表通りで車が待っているんでしょう？」

「なんだって。おれは酔っ払ってなんかいないぞ」酒臭い息を吐いて、将校がつんのめってきた。

「おい若造。お前、どこの所属だ。おれのルーシーに手出しなんぞしたら、即刻、戦場に送り出してやる。もうすぐ朝鮮で戦争がおっ始まるんだ、わかってるだろうな。最前線で蜂の巣になるがいいさ」

「やめて。やめてったら、ロバート。この人はなんでもないの、ただのお客よ」

「いいか若造。おれたちは、お前ら兵卒なんぞ、なんとも思っちゃいないんだ。お前らは、二本足で歩く爆弾さ。朝鮮人の中に突っ込んで、やつらもろともぶっ飛ばされりゃあいいんだ。沖縄人を見習って、自爆してみろ。ああ？　あいつらは、おれたちにやられるまえに、自爆したんだぞ。女も子供もな。手榴弾のピンを自分で引き抜いて……」

「やめてよっ！」

メグミが金切り声を上げた。両肩が、激しく上下している。将校は、どんよりした目

でこちらを見ていたが、

「ふん、売女が。若い男に狂いやがって。いいさ、もう金輪際、来てやらないぞ。お前みたいな女は、いくらだっているんだ」

ぺっと唾を吐き捨て、よろめきながら去っていった。

私は、私の前に立ちはだかったままのメグミの痩せた背中をみつめた。

自分で仕立て直したものなのだろう、ワンピースはＨＢＴと呼ばれる払い下げの軍服で作られたものだった。ごわごわした粗末な布に包まれた肩が、小刻みに震えている。

タイミングを見計らったかのように、ドアが開いて、ジョンが出てきた。そして、私とメグミの両方の顔を見比べるようにして眺めた。それから、「なあ、エド」と、明るく声をかけてきた。

「今夜、おれたちは、なんにも見なかった。薄汚れたバーにも来なかったし、英語のしゃべれる沖縄美人にも会わなかった。なあ、そうだろ？」

はっとしたように、メグミが顔を上げた。私は、ジョンの目をみつめ返して、「ああ、そうだとも」と応えた。

「何も見なかったよ。……誰にも会わなかった」

メグミが振り返った。震える瞳には、涙がいっぱいに浮かんでいた。私たちは、その夜初めて、まともに目と目を合わせたのだった。

メグミのまっすぐなまなざし。

その汚れのなさは、よく似ていた。——彼女の夫に。


十一月の初めの二週間が、ぼんやりと過ぎた。

海から吹いてくる風は、しんみりと冷気を帯びていて、この土地にも秋なり冬なりがやってくるのだと教えていた。

夏じゅう、あたりを騒然とさせていたシマゼミの声も、すっかり鳴りを潜めていた。軍病院の真上に掲げられた星条旗が、潮風にばたばたと乾いた音を立てて翻るばかりだった。

台風は甚大な被害をもたらしたが、基地内の立ち直りは早かった。すぐに新しいコンセットが建てられ、被害を被った施設は、どれもたちまち元どおりに復旧された。当然、精神科診察室も台風の翌々日には再開となった。

「こうなってみると、台風も悪くはないね」

食堂で昼食を取っているときに、ふいにアランが言った。

ポークチョップをフォークで口に運びながら、ぼうっとしていた私は、「え？　なんだって？」と、アランのほうを向いた。アランは歪んだ眼鏡のフレームをちょっと持ち

上げて、

「いや、だからさ。台風も悪くないって。思いがけず、二日間の休暇《オフ》になったようなもんだったじゃないか」

同じくポークチョップをがっついていたテッドが、すかさず異議を唱えた。

「オフっつったって、暴風雨の中びしょ濡れで作業だったじゃないかよ。床の上に寝て、体の節々が痛いし。あんなオフもないもんだぜ」

「まあ、そうだけどね。でも、ここのところクリスマス休暇明け並みに診療所が忙しいだろ。なんでもいいからオフになってほしいよ。エドなんて、もう二週間近く休んでないし……ねえエド？　まさか、次の台風まで休まないつもりじゃないだろ？」

メグミの一件があって以来、私は、自分から休みを返上して診察にあたっていた。なんでもいいから、忙しくしていたかったのだ。

心に隙間ができると、あれこれ考えてしまう。私の胸の奥まで見通すようなタイラのまなざしと、濡れて震えるメグミのまなざしを、交互に思い出してしまうのだ。

ジョンをニシムイに連れていくという約束も果たせていなかった。

台風で家を吹き飛ばされてしまったに違いない。いっそう生活が追い込まれてはいまいか。

子供たちは無事だろうか。ちゃんと食べているだろうか。

ヒガは、どうしただろう。相変わらず飲んだくれているのだろうか。タイラは、仲間たちは、それでも、絵を描くことへの情熱の灯火を消さずにいるだろうか。

そしてメグミは、やはりあのバーで働き続けているのだろうか。

考え始めればきりがないほど、私の心はニシムイでいっぱいになってしまうのだった。行きたい。あの場所に。会いたい。みんなに。

けれど、どんな顔をしてもう一度あの場所に行けばいいのか。答えをみつけられずに、私はもがいていた。

「ドクター・エド。電話。内線よ」

料理人のナビーが、調理場から大声で私の名を呼んだ。私とアランとテッドは、同時に声のしたほうを向いた。

「ほらね。たまには休めって、医療局長からに決まってるよ」

アランが茶化すのを尻目に、私は調理場へ行った。黒くて重たい受話器を受け取り、「はい、ウィルソンですが」と名乗る。

『お食事中すみません、ドクター・ウィルソン。東第七ゲートの守衛室ですが』

電話をかけてきたのは、基地の出入り口の守衛だった。いぶかしく思って、「急患ですか」と訊いてみた。すると、守衛は意外なことを言った。

『タイラという沖縄人をご存じですか』

ぎょっとした。よからぬ予感が閃光のように胸をかすめた。

軍属の人間と現地人との交流は軍則で禁じられている。うっかり友だちだなどと言ってしまって、何か面倒なことになってはいけない。そんな思いが、ほんの三秒のあいだに脳裡を駆け巡った。

「ええ、まあ……」私は言葉を濁した。「知り合い……そうですね、どこかで会ったかもしれないが……」

『じゃあ、友だちというか、特に親しい関係ではないのですね』

守衛が念を押すように言った。私は一瞬、ぐっと詰まったが、逆に訊いてみた。

「いったい、そのタイラとかいう男がどうかしたのですか」

『いや、それが……いま、ここにいるんですよ』

再び、ぎょっとした。

――ドクター・エド・ウィルソンに面会したい。渡したいものがあるんです。

そう言って、タイラがゲート前に来たと言う。守衛は取り合わず、帰れと言ったが、がんとして帰ろうとしない。民警察《CP》を呼び出してつまみ出そうとしたところ、突然叫び出した。

――おれとエドは、友だちなんだ！　会わせろ！　エドに会わせろ！

おれの友だちに、会わせてくれ！
暴れに暴れて、ゲートを突破しようとした。守衛が何人かで飛びかかって彼を押さえつけ、殴って縄で縛り上げた。それで、ようやく静かになった。いまは気絶しているようで、守衛室の床に転がっている。

私は、息をのんだ。言葉が喉に張りついて、なかなか出てこなかった。

『少々手荒な真似をしてしまいましたが……』顚末を話してから、守衛が言った。『まあ、あなたの知り合いじゃないんなら、目が覚めたら帰しますので。どうも、お騒がせしました』

「まっ……待って。待ってください」受話器に向かって、私は叫んだ。「行きます、いますぐに。その男は、私の——私の、友だちです」

叩きつけるように受話器を置くと、私は食堂を飛び出した。

——タイラ！

東第七ゲートまで、がむしゃらに走った。涙がこみ上げてきた。世界中がにじんで、歪んで見えた。

「馬鹿野郎っ」
たまらずに、声に出して言った。走りながら、手の甲で目と鼻を何度も拭った。
馬鹿だ。馬鹿だ、馬鹿だ。のこのこ基地へやってくるなんて。

危険な目に遭うとわかっているくせに。正面突破できるはずなんてないと、知っているだろうに。

それなのに、タイラ。君は——君は。

僕に会いにきたというのか。

君が信じているものを、踏みにじってしまったこの僕に——。

私は、ゲート横の守衛室に駆け込んだ。三人の守衛が、私の顔を見るなり、いっせいに敬礼をした。

「ドクター・ウィルソンです。……タイラはどこですか」

肩で息をつきながら、すぐに訊いた。守衛長らしき男が、気まずそうな表情を浮かべて、「そこですよ」と、床の上を指差した。

果たして、縄で全身を縛り上げられたタイラが、そこに転がっていた。顔がどす黒く腫れ上がり、唇の周辺には血がこびりついている。粗末な布でくるんだ板状のものが、背中に紐でくくりつけられていた。

「——タイラ！」

ひと声叫んで、私は、ぐったりとした体に飛びついた。

「タイラ、しっかりしろ。わかるか、僕だ。エドだ。タイラ、タイラ。返事をしてくれ」

ぴしゃぴしゃと頬を叩いた。反応がない。胸に耳を当て、手を取って脈を測った。その手は、絵の具ですっかり汚れていた。

「大丈夫ですよ。殺しちゃいませんから」

背後で、守衛長の呆れたような声がした。私は、もう一度、手の甲で目を拭った。それから大きく息をつき、振り向いて、言った。

「電話を。――司令官に報告をする」

守衛長の表情が、瞬時に引きつった。私は、彼を見据えて告げた。

「理由なく一般人を暴行することは、軍則で禁じられている。知らないはずはないだろう。――あんたは即刻、降格だ」

「そんな」情けない声で、守衛長が言った。

「理由なくじゃありません。ゲートを突破しようとしたんです。こいつは不審者ですよ。私らは不審者の侵入を防ぐために、正当防衛しただけで……」

「不審者じゃない」

私は、彼の言葉を遮った。

「言っただろう。私の友人だと」

数分後、担架が到着した。私はタイラを縛り上げていた縄と、背中に四角い板をくくりつけていた紐とを、どうにか解いた。

紐と一緒に、はらりと布が外れて現れたのは、カンヴァスだった。

じっとみつめる鳶色の瞳。どこかしら生真面目な、それでいて、好奇心に満ちたまなざし。

カンヴァスに描かれていたのは、私だった。凪いだ海のようにおだやかな、私の肖像だった。

6

ニシムイの丘には、急に冷たさを帯び始めた風が吹き渡っていた。

がらんとした空っぽの秋空を背景に、いくつかの掘建て小屋が立っていた。板と筵で壁を造り、その上に茅やソテツの乾いた葉を乗せて屋根にしている。もう一度台風が襲来したら、間違いなく一瞬にして跡形もなくなってしまうだろう。それでも、どうにか集落のかたちを留めて、住民たちは生活再建へ乗り出したようだった。

その日ばかりは、自分の車でこのいかにも貧しくはかない集落へやってくるのは気が引けた。私の真っ赤なポンティアックは、砂埃にまみれてはいるものの、正面から差す夕日を弾いてにぶい光を放っていた。台風にすべてを奪われてしまったニシムイの集落に到着したオープンカーは、滑稽なほどその場にそぐわなかった。

「着いたぞ。大丈夫か？」

集落の入り口に車を停めて、私は振り向いた。後部座席では、手足に包帯を巻き、顔にガーゼを貼りつけたタイラが、仰向けに横たわっていた。

「うん。……大丈夫だ」

そう答えたが、タイラはなかなか起き上がらなかった。

「大丈夫か?」と私は、もう一度尋ねた。「起き上がるのが難しいのか?」

タイラは、うーんと伸びをして、空に向かって大きく息を吐き出した。

「いいや。空が、あんまり大きくてさ。これが全部、カンヴァスだったらなあ。ちょっとでいいから、おれたちに分けてほしいよ。あのへんを」

そうして、右手を真上に伸ばして、人差し指でぐるりと大きな円を空中に描いて見せた。

昨日、外科病棟に搬送された彼を診てくれたのは、なんとエブラハム・エセックス病院長だった。守衛が理由なく一般人を暴行した、という私からの連絡を受けた外科の担当医が、エセックス院長に相談したようだった。院長はほかの患者を診察中だったが、すぐに応対してくれた。幸い、骨折などはなく、打撲と裂傷、全治十日間ということだった。

タイラはぐったりしていたが、診察が終わると、安心し切ったように眠りに落ちた。実に心地良さそうな寝息を立てていたので、これならば大丈夫だろうと、私はようやく安堵した。

私は院長にていねいに礼を述べたが、どうしてこんなことになったのか、いったいどこから説明すればいいのか、戸惑いを隠せなかった。が、院長は、私の説明を待たずして言った。

――この男は、絵描きだね。そして、君の友だちなのだね？

院長は、私がしっかりと胸に抱いていたカンヴァスを見て、そう言ったのだった。

それは、タイラが描いた私の肖像画だった。ハロウィンに間に合うようにという約束は守られなかったが、せめて、サンクスギビングのお祝いには間に合わせたいと、あの猛烈な台風をものともせずに描き上げたのだった。

タイラは、軍病院の個室で一晩を過ごした。夜になってから、私はアランとともに彼を見舞った。目覚めた枕元に私たちをみつけて、タイラは、満面の笑みをこぼした。

――やあ、エド。やっと会えたな。……会えてよかった。

私は、タイラに肩を貸して、車から彼を下ろした。

わあっと歓声を上げて、いつものように、真っ先に子供たちが駆け寄ってきた。台風で家が吹き飛ばされたことなどちっとも気にしていないような、底抜けに明るい笑顔ばかりだ。

集落の中央には、煮炊きのための焚き火の場所が作られていた。どこかから拾ってきた鉄のヘルメットが、鍋になって火にかけられている。その傍らにしゃがんでいた華奢な背中が、振り向いて立ち上がった。

メグミだった。彼女は息をのんで私たちをみつめた。

「よ。……タダイマ」

日本語で、タイラが言った。メグミの顔は、見る見るくしゃくしゃになった。タイラのもとに駆け寄ると、何も言わずに抱きついた。

タイラは、妻の瘦せた背中を、壊れものに触れるかのように、そっと抱きしめた。メグミは、肩を激しく震わせ、夫の肩に顔をくっつけて、嗚咽した。

私に会いにいくと言って基地へ出かけていったきり、タイラは一晩帰ってこなかったのだ。彼の身を案じて、眠れぬ夜を過ごしたに違いない。

私は、ふたりのそばをそっと離れると、集落の中へと入っていった。少ない素材ながらも工夫して作られていた画家たちの家々は、跡形もなくなっていた。代わりに、粗末な掘建て小屋が情けない姿で並び、瓦礫がそこここにうずたかく積まれていた。見る影もない様子に、私は呆然と立ち尽くした。

子供たちが騒ぐのを耳にして、小屋の中から画家たちが出てきた。私の姿を見ると「オオ、エド!」と叫んで、駆け寄ってきた。

「大丈夫だったか？　台風で、全部、壊れたんだろう？」

私は、ゆっくりと話しかけた。ガナハが、うんうんとうなずいて、

「すごかった。全部、壊れた。でも、大丈夫。絵の具、絵筆、ある。おれたち、絵の具、絵筆、持ってる」

片言の英語で答えた。ナカザトが、「タイラの絵、見たか?」と訊いた。

「台風、すごかった。でも、そのあと、タイラ、描いた。あんたの絵。でき上がったよ。見たか?」

「ああ、見たよ」私は、胸を熱くしながら答えた。「……見たとも」

台風一過、きれいさっぱりと何もなくなってしまったニシムイ美術村。

沖縄各地に散らばっていた画家たちが、この土地にたどりついて、ここに新天地を作るのだと、知恵を絞り技術を集結させて、アトリエを建設し、新天地を創り出した。

以前、タイラが言っていた。

ここに来たときは、なんにもなかった。だけど、おれたちは、「魔法の杖」を持っていたんだ。

絵筆という名の、魔法の杖。これ一本あれば、おれたちは、「ない」ものを「ある」ことにできるってわけさ。

「魔法の杖」を思う存分振り回せる夢の国。それが、この「ニシムイ」なんだと、タイラは胸を張っていた。

その夢の国が、あっけなく吹き飛ばされた。それでも、タイラは、画家たちは、決して描くことをやめようとはしなかったのだ。

メグミに支えられて、タイラは、仲間のもとへと歩み寄った。画家たちは、口々にタイラに向かって盛んに語りかけた。どの顔も、歓喜に輝いている。無傷ではなかったものの、完成した肖像画を基地に届けにいったタイラの勇気を讃えているに違いなかった。

ひさしぶりにニシムイを訪れた私は、画家たちが思いのほか元気であること、そしてどうにか創作を続け、生活を営んでいるのを確認して、胸を撫で下ろした。

しかし、現実は厳しいはずだった。家を造る建材は、目下沖縄じゅうで不足しているだろうし、もとのように軍人たちに絵を売って収入を得るようになるまでには、まだしばらく時間がかかるだろう。

いや——多少時間がかかっても、もと通りに絵を売って生活できるようになれば幸運だ。ひょっとすると、もう、もとには戻らないかもしれない。

仲間に囲まれるタイラの傍らを離れて、メグミが私のほうへと近づいてきた。私は、ぎこちなく笑いかけた。メグミは、そっと微笑んで、「ありがとう」と小声で言った。

「あの人を受け入れてくれて……またここに、連れて帰ってきてくれて」

どうしても、どうしても、どうしてもエドに会いにいく。

肖像画が完成したあと、タイラは、そう言ってきかなかった。

台風で家を飛ばされ、寝床もなく、食べるものにも事欠く状況の中で、タイラが初めにやったことは、絵を描き続けることだった。

昼間は森の中で創作を続け、夕方になると瓦礫を片付けたり、小屋を作る建材を集めたりして働いた。夜じゅう集落のために働いて、ほんの少し横になり、夜明けとともに創作を開始した。そうして、二週間かけて完成した。

仲間たちは、タイラが創作に集中し始めたら、目にも耳にも心にも、余計なことは何ごとも入ってこなくなるのをよくわかっていた。だから、自分たちは昼間働き、タイラに頼みたい仕事は残しておいて、集落再建のために平等に働けるように心を配ってくれた。

そして、ようやく完成した絵をいち早く私に見せたいと、タイラは言い張った。

しかし、ヒガの一件以降、私が集落に来る気配がない。あっちが来ないなら、こっちが行くまでだと、基地行きを決めた。

メグミは反対した。のこのこ出かけていって、すぐに会えるはずがない。不審者と思われて、追い返されるのがおちだ。さすがに仲間たちも、思いとどまるようにタイラを説得した。下手をしたら殺されるかもしれないぞと、脅かしもした。けれども、タイラは聞かなかった。

死んだっていいんだ。この絵を届けられないんなら、おれは、死んだほうがましだ。

タイラはカンヴァスを布で包み、まるで赤ん坊を背負うかのように、紐でしっかりと背中にくくりつけた。たとえ死んでも、絵が自分から離れないように。

妻の、仲間たちの制止を振り切り、集落を飛び出した。

そうして、タイラはやってきたのだ。白々と太陽に照らされる道を、走って、走って、走って——一目散に、私のところへ。

メグミの話を聞くうちに、私は、どうにも胸が熱くなるのを抑えられなかった。感情の昂りを気づかれたくなくて、私は、わざと素っ気ないふりで尋ねた。

「そういえば……ヒガは、どうしているかな。壺屋の仕事は、台風のあと、再開したのかい？」

メグミは、地面に視線を落とした。乾いた土塊は、暴風雨に引っ掻き回されて盛り上がったままだった。ややあって、メグミは顔を上げた。

「よかったら、彼の様子を見てやっていただけませんか」

ヒガの様子を見てくると、タイラにひと言断ってから、私は、集落の最も奥まった場所へとメグミに連れられていった。そこはもともとヒガの寝起きしていた場所だったが、当然ながら彼の小屋は跡形もなく飛ばされ、いまでは木と木のあいだに筵を渡して、屋根とも言えぬ屋根を作り、ヒガはその下でやはり屍のように横たわっていた。

メグミと私が現れるのを見ると、ヒガは、むっくりと起き上がった。そして、

「よお、あんた。また、来たか」

片言ながら、英語で話しかけてきた。そういえば、タイラが言っていた。ヒガは大変な才能の持ち主で、やはり東京美術学校に在籍していたが、誰も彼のずば抜けた感性についていくことができなかったのだと。酔ってさえいなければほかの画家たち同様、知的な男なのだと、私はすぐに認識した。

「このまえ、すまなかった。……すまなかった」

ヒガは、筵の上であぐらをかいたまま、がりがりにやせ細った手を私に向かって突き出した。「ギブ・ミー」のポーズだった。

「くれ。酒。くれ」

唾液がねっとりとこびりついた口を動かして、ヒガが言った。私は、その手を取って脈を測り、目を覗き込んだ。「口を開けてみてくれ」と言うと、ヒガはおとなしく言う通りにした。落ち着きのない目と酒臭い息は、重度のアルコール依存症であることを物語っていた。

「壺屋に、仕事に行ってるのか」

私が訊くと、ヒガは首を横に振った。

「仕事、ない。壺屋、壊れた」

「嘘よ」私の背後で、メグミが囁いた。

「台風で、何もかもなくなったから、壺屋は目が回るほど忙しいの。だけど……彼、クビになったのよ」

台風直後に陶器の需要が高まったため、壺屋の窯は休む間もなく稼働しなければならなくなった。にもかかわらず、ヒガは、仕事中に飲酒して酔っぱらい、作りかけの皿や茶碗を手当たり次第叩き割ったのだという。親方はかんかんに怒った。もう二度と壺屋に来るなと怒鳴られ、追い出されてしまったという。

「カネ、ない。くれよ、ドクター。酒、カネ」

ヒガの両手はぶるぶると震えていた。何日も入浴していないのだろう、体はすえた臭いを放っている。本来ならば入院させて、徹底的に治療しなければならないほど危険なレベルに達していると診断できたが、だからと言って一般市民をこっそりと治療したり、入院させたりすることは到底許されるはずがなかった。

ニシムイに行ったらヒガを診ようと考えていたので、医療局には秘密で精神安定剤を持ってきていた。私は、メグミに目配せをして、ヒガから見えない場所まで移動した。デイゴの大木のそばに佇むと、私は、肩にかけていたナップザックから小さな袋を取り出して、メグミに手渡した。

「ここに、精神安定剤と睡眠薬の錠剤が入っている。ヒガの様子を見て、眠れなかったり、落ち着かなかったりするようだったら、その都度、一回に二錠を上限として、飲ませてやってくれないか」

　メグミは、袋を握りしめて黙っている。家族でもない彼女に、こんなことを頼むのはおかしいと私は思ったが、

「万が一、いっぺんに飲んだりしたら危険だ。健常な人間が管理したほうが、彼のためになるから……」

　そう説明すると、メグミは、こくりと小さくうなずいた。それから、顔を上げて、私を見た。

　そして、かすかに潤んだ瞳で言った。

「私、あのバーを辞めたの。……その代わりに、壺屋で働き始めた。ヒガが追い出されて、すぐ……」

　ヒガが辞めさせられたと知って、メグミは壺屋へ飛んでいった。そして、親方に「土下座」して頼んだという。

　どうか自分を雇ってほしい。自分は芸術家ではないが、画家である夫の制作を長らくそばで見ていたし、十代の頃には絵も描いていた。ヒガほどではないかもしれないが、絵付けもできる。

　どうか雇ってください。どうか、どうか……。

「私、ヒガの仕事を奪ったようなものだわ」

　メグミは、震える声でつぶやいた。

「あの仕事は、ヒガが自力で生きていけるようにって、夫がようやくみつけてきたものなのに……」

もう一度、地面に視線を落とすと、口の端を歪めて、苦しそうに嗤った。

「ずるいでしょう、私」

私は、何も返せなかった。

いいや、君は決してずるくなんかない。誰だって、生きていくのに必死なんだ。君のやったことは、間違ってなどいない。

そんなふうに、言ってやりたかった。けれど、言葉にならなかった。

私は、ポケットからB円札を何枚か取り出した。そして、メグミに向かって差し出した。

「これを……受け取ってくれないか」

メグミの顔が、瞬時に強ばった。私は、彼女の誇りを傷つけないようにと、細心の注意を払いながら言った。

「タイラが描いてくれた、肖像画の代金だよ。ほんとうは、彼に渡したかったんだけど、どうしても受け取ってくれなかったんだ。約束の期日には間に合わなかったし、基地へ押しかけて迷惑をかけたからって……」

おれが好きで描いたんだから、代金はいらないよ。そんなふうにも言われたのだが、その言葉はメグミには明かさなかった。

「タイラは職業画家《プロフェッショナル》だ。絵を描いて、代金を受け取るのは当然だ。だから……あの絵の完成度を考えれば、じゅうぶんじゃないかもしれないけど、支払わせてもらいたい。

——どうかな？」

メグミは戸惑っていたが、やがて、Ｂ円札を手にすると、そっと薬袋の中にしまい込んだ。

「……ありがとう」

消え入りそうな声が聞こえた。

その日、メグミに「ありがとう」と言われたのは、二度目のことだった。

ニシムイから戻ってきたあと、夕食を済ませてから、私はタイラが描いた肖像画を携えて、エセックス院長のフラットを訪ねた。

タイラの診察に自らあたってくれ、彼のために特別に個室のベッドを空けてくれた。また、勤務時間中に私が彼をニシムイまで送り届けることを許可してもくれた。理由はどうあれ、軍関係者による一般人への暴行があったということで、すばやく対応したのだろうが、それにしても、私は彼の医師としての許容力、また人間的な寛大さを感じずにはいられなかった。

「画家氏《ミスタ・ペインター》は、無事帰り着いたかね」

私を迎え入れて、開口いちばん、院長が訊いた。

「ええ、おかげさまで。ありがとうございました」私は、にこやかに返した。

「院長が、彼の描いた肖像画にご興味をお持ちのようだったので……持ってきました。よく見ていただきたくて」

私は、脇に抱えていたカンヴァスを、リビングの中央に据えられているサイドボードの上に載せ、スタンドの灯りが照らす位置を確認してから、壁に立てかけた。エセックス院長は、ふむ、と鼻を鳴らして、あごに手を当てて、いかにも「鑑賞中」のポーズをしばらくとってから、私のほうを向いて、「いい絵だ」と言った。

「この絵の中の君は、思慮深く、人にやさしく、知的で、いいとこのお坊ちゃんで……少々気の弱いところがあるものの、正義感が強い青年だ。そうだろう？」

院長は、肖像画をじっくりと眺めて、そこに描かれている「私」のキャラクター分析をしてみせた。私は、つい笑ってしまった。

「当たっているような気がします」と言うと、

「そうとも。当たっているさ」院長も笑った。そして、感慨深げなため息をついた。

「驚いたな。いまの沖縄に、これほど卓越した技術を持った芸術家がいようとはね。……技術ばかりじゃない。この画家には、対象の本質をとらえる深い洞察力がある。さらには、ほんの少しだけモデルを実物よりもハンサムに描くサービス精神も持ち合わせている」

そう言って、軽く片目をつぶった。私は、微笑んだ。タイラの画才を褒められて、自分のことのようにうれしくなった。

「タッチは、そうだな、どことなく、ゴッホやゴーギャンを思い出させるね。けれど、どちらとも違う。実に独特だ」

「はい。独特です」

エセックス院長の絵画に対する感性の鋭さに胸中感服しながら、私は相づちを打った。

「彼は、首里に住んでいると言ったね。そこに、芸術家の集落《コロニー》があると？」

「はい。ニシムイという名の場所で、今年の春に、芸術家たちが収容所から移り住んだようです。もっとも、せんだっての台風で、絵の具と絵筆以外はすべて吹き飛ばされてしまっていましたが……しかし、それにもめげずに、集落の仲間たちで協力して、再建にあたっていました」

「そうか」院長は、温厚そうな笑みを浮かべた。

「たくましいね。どの国でも、どんな民族でも、どんな状況下にあっても、もっともたくましいのは芸術家たちだ。まあ、たくましくなければ、芸術家は勤まらないのかもしれんが」

戦後まもなく、沖縄の捕虜収容所では、自発的に芝居が演じられ、空き缶に竿をさして作った三線を奏で唄ったという。

住むところもなく、食べるものも不足しているような状況下で、人々は唄い、踊り、演じ、絵を描いた。表現することは生きることなのだといわんばかりに。

「私は、世界のさまざまな地域で難民たちを見てきたが……沖縄の人々は、芸能や芸術がことさら好きだし、表現力も抜きん出ている。聞けば、琉球王朝があった昔からそういう民族だったらしい。にもかかわらず、この島固有の伝統文化は、世界的にはまったく知られていない」

惜しいことだ、とエセックス院長は嘆いた。そして、肖像画をもう一度心ゆくまで眺めてから、言った。

「ゴッホでもゴーギャンでもないが、これは、いずれ大変貴重なものになるだろう。大切にするといい」

その言葉は、セイキチ・タイラという芸術家への最上級の賞賛だった。

私は、再び、カンヴァスを小脇に抱えて、院長のフラットを辞した。十歩ほど歩いたところで、思わず、両手でカンヴァスを夜空に高々と掲げた。

名も知らぬ星座の中に浮かぶタイラの絵。思慮深く、気の弱そうな私の顔を、星明かりがうっすらと照らし出す。

この絵は、もちろん、ゴッホの作品じゃない。ゴーギャンの絵でもない。

それでも、私にとって、この世界にたったひとつの傑作だった。


抜けるような青空の色が次第に薄まり、溶け始めたアイスキャンディに似た雲がどこまでも広がる。それが、沖縄の冬の空の様子だった。

この土地の冬の気候はサンフランシスコの晩夏によく似ており、日向でまぶたを閉じていると、まるで故郷に舞い戻ったかのような感覚にみまわれた。

クリスマス休暇には、本国へ帰る兵士や軍関係者も相当数いたが、わが精神科医療チームは、全員基地内に留め置かれた。

丸三年以上も帰郷が果たされていないジョンとテッドは、いい加減に帰りたがっていたが、帰国者リストの中に今回も名前をみつけられなかったと嘆いていた。チーフという立場ゆえか、ウィルはポーカーフェイスで、不平不満のひとつも口にせずにいた。

アランは、郷里で独り暮らしの母親のことが気になるものの、どうやら心中複雑なようだった。

彼も丸一年以上帰国していなかったが、いまや沖縄がすっかり気に入ってしまい、いつまでもここで暮らしていたいような気がすると、私に打ち明けた。

「沖縄は日本じゃないと、いつだったか、ウィルに意地の悪いことを言われたけど……僕は、そうは思わない。ここは、やっぱり日本なんだと思うよ。そりゃあ確かに、サムライもゲイシャもいないしフジヤマもないさ。でも……ここは日本の、いちばん特別な場所だ。そうに決まってる」

学生時代から日本という不思議の国に憧れてきたアランは、いまでは沖縄固有の伝統文化に傾倒し、いずれ本格的に研究したいと考えるようにまでなっていた。

アランがそうまで深く沖縄に思いを寄せるようになったのは、もちろん、ニシムイの芸術家たちとの交流があってのことだった。

アランと私は、再び、非番の日にはニシムイへ出かけるようになっていた。

ゆっくりとした足取りではあるものの、集落は確実に再建されつつあった。物資不足は相変わらずだったが、タイラを始め、画家たちは底抜けに明るかった。まるで毎日が祭りのようなにぎやかさで、木を運び、土壁を塗り、珊瑚の垣根を積み上げた。

「屋根でも、垣根でも、飯でも、何か創ってさえいれば、おれたちはご機嫌なんだ。なんにもなくなったんなら、また創ればいい。それだけさ」

そう言って、タイラは笑った。創ることへの飽くことのない情熱、それがニシムイの原動力となっているのは間違いなかった。

アランと私は、彼らが集落を建て直そうとするのに力を貸したいと申し出たが、画家たちは頑なに受け入れなかった。自分たちの場所は自分たちで創る。それが自分たちの喜びなのだから、と。

「その代わり、あんたたちがここにいるときは、おれたちの『ほんとうの仕事』の時間にする。それに付き合ってくれるよな？」

タイラはそう提案した。そして、私たちがニシムイを訪問しているあいだは、木材を切ったり筵を編んだりしていた手に木炭や絵筆を握り、スケッチしたり、絵を描いたりして、「ほんとうの仕事」に打ち込むのだった。ほかの画家たちもそれに倣い、もちろん私たちも同様にスケッチブックやカンヴァスに向き合った。

その頃になると私たちのニシムイ訪問には、ときどきジョンも加わるようになった。あいかわらず斜に構えたポーズをとってはいたものの、「つまんねえことやってるなあ」と、私やアランのスケッチブックをおもしろそうに覗き込んだり、「なかなかいい色じゃないの」と、タイラやほかの画家たちが創作中の絵を眺めて、勝手に予約札をつけたりしていた。ジョンは、クリスマス・ギフトに沖縄の風景画を何点か買って、母親や親戚へ贈った。いままで知らなかったけど、ずいぶんきれいなところで暮らしているのねと、母親からは「ようやく安心した」との手紙がきたという。

メグミは、壺屋での仕事を順調にこなしているようだった。ミサオを画家仲間の妻たちに預け、日中、ほぼ毎日通っているということだった。私たちの訪問については、次回はいつになるか知らせて帰るのが常だったので、その日には仕事を休んで迎えてくれた。そして一日じゅう、食事の世話をしたりモデルになったりして、私たちの「ほんとうの仕事」に付き合ってくれるのだった。

私たちは、「食堂の主」ナビーに頼んで、砂糖、小麦粉、バター、食用油などをこっそり都合してもらい、それをニシムイへと運んだ。そんなわけで、メグミを始め、ニシムイの女たちからも、私たちは歓迎された。メグミが作ってくれるパンケーキは、故郷の母の一皿を思い出させる、素朴でなつかしい味がした。

もはや収入の道が途絶えたヒガは、酒を買い求めることもできず、断酒を余儀なくされていた。当初は禁断症状も激しく、暴れたり徘徊したりして大変だったようだが、画家仲間たちは根気よくヒガの面倒をみた。タイラは夜通しヒガが苦しむのに付き合い、彼の気が済むまで話をし、涙が止まらないときには肩を抱いてなだめた。

精神疾患の苦しみは、本人以外には到底わかるものではない。アルコール依存症の患者が乱暴を働いたり罵詈雑言を吐いたりするのは、本人の意思とは無関係に、禁断症状の表れであることが多いのだが、周囲の人々はそれを理解できない。病状を改善するには、適切な治療に加えて、長い時間と根気、そして何より周辺の理解と支援が必要であるにもかかわらず、たとえ家族や親しい間柄であっても愛想が尽きてしまい、ひどいときには介護者のほうが心を病むという事態に陥ることもままある。

それを思えば、ニシムイの仲間たちの献身的な態度は、奇跡的と呼びたいくらいだった。その理由はといえば、ひとえに、彼らのあいだに家族以上の強い絆があるからにほかならない。「美術《アート》」という名の絆が。

タイラによれば、ヒガは、ニシムイへやってきたばかりのときに、一度だけ絵筆を握ったきり、創作から遠ざかっていた。

沖縄本島最南端の摩文仁《まぶに》出身のヒガは、子供の頃から絵が巧く、将来は絵描きになると心に決めていたという。家庭は貧しかったが、沖縄に昔から伝わる「模合《もあい》」という一種の地元金融を利用して、東京美術学校に首席で入学を果たした。同じ時期にサンフランシスコから帰国して入学したタイラとは、同郷ということもあって、意気投合し、お互いの下宿を行き来して、ともに創作したり評論したりする仲だった。

ヒガは、シュールレアリスムやエドヴァルド・ムンクに心酔しており、暗く澱んだ色彩の抽象画をよく描いていた。冥界を思わせるような陰鬱な画面は、教官たちにはすこぶる評判が悪かった。自作がなかなか受け入れられないのを気に病んで、ヒガは、次第に酒に溺れるようになった。そして、素行がもとで停学処分となってしまったのだという。

おりしも戦争が始まって、タイラは帝国海軍航空本部所属の従軍画家となった。戦争のごたごたでヒガとも連絡が取れなくなり、そのまま終戦を迎えた。メグミとともに沖縄に引き揚げたタイラは、収容所でひょっこりとヒガと再会した。ふたりは、お互い生きていたことを喜び合い、ニシムイに沖縄芸術の新天地を拓くことで、再び意気投合したのだった。

再会直後、ふたりは、中央画壇にひけをとらぬ沖縄独自の画壇を自分たちで創出するのだと意気込み、夢を語り合った。その頃のヒガは、アルコールが抜けていたのだろう、いたって健康そうに見えた。が、ニシムイに移ってからみやげものの絵や陶器が少しずつ売れ、金が入ってくるようになると、再び飲酒を始めた。

そして、最初に手がけた大作——彼の小屋の壁をいちめんに覆っていた不気味な風景画——を見た集落の女たちが、怖がって近づかないのに腹を立て、とうとう切れてしまった。

——くりや《これは》、やったーが《お前たちが》、んーちゃん《見た》現実やねーらに《現実じゃないか》。

そう叫んで、それっきり、絵筆を折った——ということだった。

誰よりもヒガの才能を認め、画家として復帰することを願っているタイラ。描けない苦しみを、自分もまた体験したことがあるのだと、私に打ち明けた。

海軍航空本部に所属していたときは、戦地へ飛ばされ、目の前で繰り広げられる地獄絵図を目に焼き付け、戦況を伝える絵を描かねばならなかった。国民の戦意を鼓舞するためには、写真よりも絵画のほうが訴求力がある。従軍画家は、そのために駆り出された後方支援部隊の一員なのだ。

くる日もくる日も、日本軍が勇ましく進軍する様子を描いた。見てもいないもの、反《へ》吐《ど》が出そうなものばかりを描き続けた。

描きたいものは、何ひとつ描けない。その苦しみは、四六時中、タイラを苛んだ。

それでも、タイラには妻がいた。守るべきものがあった。

この戦争が終わったら——と、タイラは、歯を食いしばって、心の中で誓った。

二度と、描くものか。戦火の絵など。殺し、殺される場面など。

おれが描きたいのは、故郷の大地。まぶしく晴れた空。果てしなく広がる青い海。草原を吹きくる清々しい風。

この世に生まれた命のすべてに降り注ぐ、太陽の光。

ふるさとの風景と、そこに生きる人々。

それだけを——ただそれだけを、描いて生きよう。

そうして、いま。自分は、その誓いの通り、思い通りに描いている。

だから辛いことなんて、これっぽっちもないんだ。

そう言って、タイラはまた、ひまわりのように笑うのだった。


沖縄に赴任して、二度目の夏がやってきた。

気がつけば、故郷を後にして二年が経過していた。

母校の図書館に満ちていた本の匂いも、母の手作りのミートパイの味も、もはやすべてが遠い。婚約者であるマーガレットのやわらかなブロンドの髪や、淡いマゼンタ色のくちびるの感触も、いまではまぼろしのように思えるのだった。

週に一度のニシムイ訪問は、変わらずに続いていた。私は画家たちの作品を購入し続け、せっせと実家への船便に乗せた。あなたったら、美術館でも作るつもりなの？　と母からの手紙には茶目っ気たっぷりに書いてあった。

私が送り続けたニシムイの作品群は、いまやちょっとしたコレクションの態で、私の部屋に、また実家の居間にも、次々に飾られているらしかった。両親は、毎日それを眺め、いったい沖縄というところはどれほど生命力に満ちた土地なのだろうかと想像を巡らせているということだった。

戦争で壊滅的な損害を受けた島、多くの人命が失われ、生き残った人々は惨めな生活を送っている、不衛生で非文化的な場所——というのが、当初の両親のイメージだった。

母が私の身の上をひどく案じていたのは、精神科医になりたての息子がそんなところに送り込まれて、果たして無事に帰ってこられるのかという不安があったからなのだが、ニシムイの絵は、彼女の懸念を払拭するのにも大いに役に立ったようだ。

いまでは、両親は私が赴任しているあいだに、一度沖縄を訪問してみたいとまで言うようになった。

マーガレットはといえば、私が沖縄で仕事をし、楽しんで暮らしているのを、両親のようには受け止めていないようだった。

——あなたがなかなか帰ってこないのは、沖縄を離れられない特別な理由があるからじゃないの？

あるとき、彼女からの手紙にそんな文章をみつけて、ひやりとした。

——そんなことはないよ。もちろん早く帰りたいけど、同僚が四年以上も帰国させてもらっていないのを見ると、なかなかそうもいかないんだ。どうせしばらく帰れないなら楽しんだほうがいいだろう？　ニシムイの画家たちとの交流は、すばらしい気晴らしになっているんだよ。

彼女の疑念を払拭すべく、すぐに返事を書いたが、それがマーガレットのもとに届くには三週間ほどもかかる。その間、彼女は気持ちが晴れないままで過ごすことだろう。すぐにでも会って、思いきり抱きしめて、僕の心は君でいっぱいだよと告げることもできない。どんなに会いたくても、会うことはできないのだ。

「結婚」という確たるゴールは、あと少しのところで私たちを待っていたはずなのに、いつのまにか遠ざかって、なかなかたどりつけない。お互いの呼吸も聞こえない、手もつなげない位置にいて、私たちは、ほんとうに、ゴール目指して一緒に走っているといえるのだろうか。

私の日本への赴任が決まったときに、マーガレットは言った。思い残すことなく、仕事をしてきてちょうだい。私は大丈夫、待っているから――と。

――あなたと一緒に家庭を作ることだけが、いま、私の願いなの。それが近い将来必ず実現するんだもの。その日がくるのを待つのも、きっと楽しいはずよ。

いってらっしゃい、エド。――帰ってきてね、私のところへ。

ずっと、ずっと待っているから。

ふと、このままいつまでも自分が沖縄に留まることになるのではないか、という思いが胸をよぎった。

なぜそんなふうに思うのか、わからなかった。ただ、アランと同様、いや、ひょっとするとアラン以上に、自分もこの地に深い愛着を持ち始めていることは確かだった。

そして、ニシムイの芸術家たちとの交流が、私に沖縄を特別なものとして感じさせているのも明らかだった。

もちろん、やがて駐在任務が解かれ、ふるさとへ帰還する日が訪れるのだろう。なつかしい父や母、愛するマーガレットに再会する日がきっとくるのだろう。

けれど――。

それがあまりにも近い将来でなければいいと、私は漠然と願っていた。

7

六月の昼下がり、強烈な太陽が後頭部を容赦なく照りつけていた。

運転席に私、助手席にはアラン、後部座席には描きかけのカンヴァスと絵筆を乗せた、真っ赤なポンティアック。乾いた砂煙を巻き上げながら、首里の丘を駆け上っていく。

頬を打つ風は生温く、全身がじっとりと汗で湿っている。それでも、扇風機がのんびりと頭を振っているだけの診察室よりは、オープンカーを飛ばしているほうが百倍もましだ。そして、仕事の最中よりも、ニシムイに向かっている時間のほうが、はるかに心躍るひとときだった。

アランも、同じ気分なのだろう。ニシムイへとドライブする私たちは、いつもご機嫌で、職場のあれこれを噂したり、目下取りかかっている絵についてお互いに批評し合ったりして、にぎやかだった。

仕事中は、アランも私も、「結構むっつりしてる」と、ジョンに言われたことがある。

余計なことをしゃべらないだけだよと、そのときは苦笑して言い訳した。が、ドライブ中の陽気な自分たちにふと気がついて、「僕ら、まるでタイラが乗り移ったみたいだね」と、アランが言った。どうやら、ニシムイに向かう私たちは、すっかりタイラの気分が宿ってしまうようだった。

首里の丘の中腹では、背後に遠く海が見渡せる。私は、バックミラーに小さく映る海が、日の光に反射してきらめくのを確認し、ポンティアックがまもなくニシムイに到着することを知る。タイラに、みんなに会えるのは、もうすぐのことだ。

「……なんだろ、あれ？　光ってる」

遠くを眺めていたアランが、ふいに言った。

「光ってるって？　海のことか？」

バックミラーに映った海をちらりと見て訊くと、

「いや、そうじゃなくて……丘の上のほうで、チカッ、チカチカ、光ってる」

私は、丘の上のほうに視線を投げた。

ニシムイの集落があるあたりで、確かに、チカッと不安定に点滅する光がある。

「ほんとうだ。なんだろう……ニシムイに、何か反射するものがあったかかな」

「何もないよ。だって、鍋の蓋すら汚れてくすんでるじゃないか」

そう言って、アランが笑った。

実際、ニシムイにあるもので何ひとつきらめきを放つようなものはなかった。私たちは、ちょっとした怪奇現象を発見したように、わくわくしながらニシムイに到着した。いつものように、わっと子供たちが飛び出してくる。後部座席からカンヴァスを取り出していると、チカッ、チカッと、刺すような光が私の目をめがけて飛んできた。

「うわっ……なんだよ、もう。まぶしいじゃないか」

アランが両手を額にかざして振り返った。私は、目を瞬かせて、光源のほうを見た。ちょっと離れたところに、タイラが立っていた。手に何か持ち、それを高々と掲げている。彼が手を揺らすたびに、光が小鳥のように羽ばたいて、私たちの目を刺す。どうやら、光源は彼の手の中にあるようだった。

「この悪ガキめ。いったい、何を持ってるんだ」

目を細めながら、私はタイラに近づいた。タイラはおもしろそうに笑って、

「スカした真っ赤な車が丘を上がってくるのが見えたから、一発、光線をお見舞いしたのさ」

手に握っていた小さなものを見せた。化粧用のコンパクトだった。

「へえ、珍しいもの持ってるね」

アランが言うと、

「メグミのだ。サンフランシスコ時代のものだよ。あいつ、おれのモデルになるとき、これで一生懸命に顔を直したもんだよ。『美人に描いてね』って。最近じゃ、顔なんか直してる暇もないってのに、あんたたちが来る日には、決まってこれとにらめっこしてるんだ。……癪だから、こっそり持ち出してやったのさ」

タイラは、コンパクトの蓋を閉じてポケットに突っ込むと、私たちふたりの目をみつめて言った。

「ビッグ・ニュースがあるんだ。……おれたち、展覧会に作品を出展することが決まったんだよ」

それは、確かにビッグ・ニュースだった。

七月の初めに、地元新聞社「沖縄タイムス」が主催する展覧会「沖展」が、開催されることになったのだ。その記念すべき第一回に、ニシムイの画家たちがこぞって参加するという。

ついに、沖縄人の手による、沖縄人画家の展覧会が開催される。画期的な出来事だった。

「沖縄タイムス」は、六月から活字印刷になり、規格家《キカクヤー》の住民たちのもとにも毎朝、新聞が届くようになった。その紙面に「第一回沖展開催決定」の文字が踊った。まるで待ちに待ったハリウッド映画がようやく見られるみたいに、誰も彼もが心底楽しみにしているんだ――と、タイラが興奮気味に教えてくれた。

興奮していたのは、タイラばかりではない。シマブクロも、ヤマシロも、ナカムラも、ガナハも、ナカザトも――ニシムイの芸術家たちは、全員、大変な騒ぎだった。

ニシムイ美術村ができてから一年余り、将校相手に肖像画や風景画をこつこつと売り、クリスマス・カードを制作して、糊口をしのいできた。いまでは、沖縄各地から那覇へ気晴らしにやってくる将校たちのあいだで、ニシムイはちょっとしたギャラリー街のように認識されるようになっていた。

ときには友人同士で、またときには家族を伴って、休日にはニシムイでお気に入りのアートを探す。そんな文化的活動をする軍人がもっと増えればいいと、私もアランも、願わずにはいられなかった。

ニシムイの芸術家たちが、やがて世間に認められ、きちんとした評価を得る。経済的にもじゅうぶんに潤う。展覧会に出品され、いいコレクターに出会い、ゆくゆくはアメリカの美術館のコレクションになる。もちろん、そうなるまえに、沖縄にちゃんとした美術館ができて、そこの収蔵品になることが先決だけれど……などと、ピカソを世に送り出した伝説の画商、ダニエル＝ヘンリー・カーンワイラーの気分で、私は彼らの活動を見守っていた。

「すごいじゃないか。おめでとう」

私は、右手を差し出した。タイラは、にっと笑って、

「ありがとう」

私の手を、しっかりと握った。彼の目は、歓びにきらめいていた。

「どの作品を出すんだい？」

握手を交わしてアランが尋ねると、

「さあ、どうしようかな。どう思う？」

タイラが、私とアランの両方の顔を見て尋ねた。

私たちは、ニシムイの風景がいいだろうか、それとも海へ続く一本道が印象的な絵か、あるいはガジュマルの木を配置した風景画か、と、この一年、タイラが描いてきた数々の作品を思い浮かべながら話し合った。ふと、アランが、

「エドの肖像画は？」

と提案したが、即座に、「あれは、だめだ」とタイラが却下した。

「あれは、どうにかこうにか、やっとこさでエドのところに行ったんだから、もうエドのそばを離れちゃいけないんだ。絶対に」

まるで、運命の糸に操られて離ればなれになってしまっていた恋人同士だか親子だかのような表現に、私は思わず微笑した。

「ニシムイのみんなが、展覧会に出す作品についてあんたたちの意見を聞きたいって。

これぞと思う作品をうちのアトリエに並べてるから、見てくれるか」

タイラに頼まれて、「なるほど。内覧会《プレビュー》ってわけだね」と、アランが愉快そうに言った。

アランの言う通り、タイラのアトリエは、さながら展覧会の様相だった。この一年間、画家たちが、売り絵ではなく自分のためにこつこつと描いてきた作品群。青々と拓けた海、しらじらと太陽に照らされる道、緑深い森、ぽつんと佇むコンセット。人物像や自画像もあった。

自画像は、ひと目見ただけで、画家の個性がにじみ出ているものばかりだった。シマブクロは大きな爛々と輝く目が特徴的だし、ナカザトは人懐っこそうな表情をしている。どれもが味わい深い肖像画に仕上がっていた。

中でも、タイラの自画像は、強烈な磁力を放っていた。さほど大きくはないカンヴァスいっぱいに描かれた顔。ごつごつとした粗削りなタッチと極力抑えた色彩が、画家の揺るぎのない意志と強烈な個性を表出している。トレードマークの丸眼鏡の奥の瞳は、野性的な光を宿して輝いている。この男、ただものではない。そう思わせる緊張感が、画面全体を支配している。

「自画像だけを集めて、『自画像展』ができそうだな」

私がつぶやくと、

「いいね、それ。僕らで企画しようか。それで、僕らも自画像を出展するとか」

アランが応えた。冗談とも本気ともつかない口調だった。

どやどやと画家たちが集まってきて、片言の英語で、口々に自作を説明してくれた。誰もが、戦後初めての故郷での展覧会に出展できることに興奮していた。

盆いっぱいに湯呑を載せて運んできたメグミは、それを画家たちに配ってから、あちこちを何やら探し回っている様子だった。

私の近くに来たときに、「探し物?」とさりげなく尋ねると、「ええ、ちょっと……」と、困ったような笑顔になった。

「コンパクトなら、タイラのポケットの中にあるよ」

そう教えると、まあ、と顔を赤らめた。

「いやだわ。あの人ったら……」

うつむいたまま、私のそばを離れていった。

ひとしきり作品群を眺めたあと、私は、アトリエの外へ出た。

粗末な家々の影を黒く長く伸ばして、太陽が西に傾きつつあった。私は、集落の外れに打ち捨てられたようにどうにか立っている掘建て小屋を眺めた。ヒガの家だった。

ヒガの作品が「プレビュー」の中にはなかった。私はそれが気になった。最近は、アルコールの禁断症状もやわらぎ、おとなしくしているとタイラが言っていた。メグミにこっそり預け、きちんと飲ませるようにと頼んでおいた薬の効果も現れ始めているようだ。

私の足はヒガの家に向かった。だらりと下がった筵の前で、声をかける。

「いるかい、ヒガ。エドだ。調子はどうだ？」

返事がない。私は、筵をたくし上げて身を屈め、中へと足を踏み入れた。

小屋の内部は、むっとする蒸し暑さで、絵の具の匂いが充満していた。ヒガは、出入り口に背を向け、絵筆を右手に持ち、小ぶりのカンヴァスに向かっていた。私は目を凝らして、カンヴァスをみつめた。

黒一色の画面に、ぼうっと浮かぶ幾多のほの白い灯火。抽象的で暗い、しかし、哀調に満ちた静謐な絵だった。

それは、太陽の光にあふれた風景や、活力いっぱいの地元の女性たちを描いたほかの画家たちの作品に比べると、あきらかに異質のものだった。それでいて、何か心に引っかかるものがあった。

去年、初めて目にしたヒガの絵は、不気味で、奇怪で、おどろおどろしく、いきなりナイフで斬りつけてくるような、逃れ難い迫力があった。あれが「動」だとすると、この作品は完全な「静」だ。それはそのまま、いまのヒガの心象風景といえるのかもしれなかった。

なんにせよ、もう一度絵筆を握れる状態にまで回復したのだ。私は、胸を撫で下ろした。ヒガが目に見えてよくなったことと、自分の処置が間違っていなかったことの両方に、少しだけ気が楽になった。

「心象的な、風景画だね」

私は、ヒガの横に立って、ゆっくりとした英語で語りかけた。

「静かな画面だ。とても、いい。僕は、こういう抽象画も、悪くないと思う……」

その瞬間、絵の具がたっぷり載ったパレット代わりの板が、私の胸めがけて飛んできた。避ける間もなく、私は絵の具の一撃を食らった。私のTシャツは、黒と白の絵の具でべっとりと濡れた。

「うるせえ。アメリカー、黙ってやがれ」

くぐもった声で、ヒガが言った。スラングを使った、奇妙なほど完璧なごろつきの英語だった。

「これは、摩文仁の風景だ。おれの故郷だ。てめえらが、日本《ヤマト》が、めちゃくちゃにしやがった場所だ」

戸惑いながら、私は、もう一度カンヴァスを見た。

黒一色の中に、淡い白が浮かぶだけの画面。――冥界の闇と、その中をさまよう霊たちが、ふっと現れた。

痛いほどの静寂。生き物があまねく死に絶え、死が満ち満ちた、禍々しい大地。

これが、ヒガの故郷――？

「出てってくれ」絞り出すような声で、ヒガがつぶやいた。

「おれは、あんたが嫌いだ。タイラが嫌いだ。ニシムイのやつらが、みんな、大嫌いだ」

――まぶしすぎるんだ。

苦渋に満ちたひと言が、私の耳に届いた。私は、返す言葉がみつからずに、黙って小屋を出た。

戸口の前に、タイラが佇んでいた。私を見るなり、「派手にやられたな」と言った。

私は、苦笑いを浮かべたが、やはり何も言うことができなかった。

私たちはふたりとも、口を閉じたまま、どちらからともなく、集落とは反対のほうへと歩いていった。

うっそうとした森の木立を抜けると、広々と視界が拓けた。ずっと遠くに深い青をたたえた海が横たわり、なだらかな丘陵を曲がりくねって走る道が見えた。

太陽にしらじらと照らされた道。あの道を通って、私のポンティアックはここまで一気に上ってくる。かつてはヒガが、いまはメグミが、上り下りして壺屋に通う道。そして、基地にいる私に肖像画を届けるために、タイラが全力で駆け下りた道。

「ヒガの絵は、沖展に出品されないことになったんだよ」

彼方の海を眺めながら、タイラがぽつりと言った。

「先週、沖縄タイムスの関係者が来て、展覧会に出品する候補作を見て回ったんだ。それで、ヒガの作品も見たんだけど……残念ながら、ヒガさんの作品は本展には向かない、ってさ」

西日を反射してきらめく海をみつめて、タイラは目を細めた。展覧会が開催される喜びは、その横顔から消えていた。

「ひょっとして展覧会にニシムイの全員が出品できるかもって、おれが言っちまったもんだから……あいつ、ひさしぶりにはりきってさ。ガナハが、中古だけど、上等のカンヴァスをあいつにやって……それで、一気に描いたのがあの作品なんだ。おれは、正直、ひと目見た瞬間に……震えがきたよ」

描き上がった直後に、ヒガは、ほんとうにひさしぶりに完全な正気に戻って、タイラに話をしたという。つい最近、家族の消息を確かめるため、故郷の摩文仁へ帰った日のことを。

摩文仁とは、沖縄本島の南端、糸満にある場所だ。沖縄戦では、アメリカ軍は本島中部に上陸し、日本軍と住民とを南へ、南へと追い込んでいったそうだ。戦争末期には、日本兵は住民を巻き込んで、ガマと呼ばれる岩窟に立てこもり、最後の最後まで抵抗を続けたということだ。

沖縄人たちは、降伏よりも死を選べと、日本軍に洗脳されていたらしい。結果、手榴弾のピンを抜いて自決するか、アメリカ軍の銃弾や爆撃によって命を落とした人も多くいた。

私はこの目で見たわけではないから、沖縄戦の末期がどれほど凄惨を極めたのか、正直、実感がない。また、生き延びた沖縄人たちに接しても、そのたくましさゆえか、彼らはもはやいかなる泣き言も恨み言も口にしない。だからなのか、私は、アメリカが戦勝国であるとか、沖縄を占領する権利があるとか、我々が支配する者で彼らが支配される者だとかいう意識を、ほとんど持っていなかった。

那覇の市場や食堂に行けば、アメリカに感謝していると、市井の人々に言われたこともある。アメリカが沖縄を解放してくれた、自分たちはヤマトにいいように使われた、戦争のときもヤマトの軍人たちは自分たちを盾にして助かろうとした。そんな話を聞かされもした。そんなとき、私は、沖縄という地の複雑な立ち位置に思いを馳せずにはいられなかった。

沖縄は確かに日本の一部なのに、沖縄人はまるで日本を憎んでいるかのようであり、アメリカは多くの犠牲者を出し、彼らを降伏させたのに、「解放者」として受け入れられているようなふしがある。あるいは、厭な考え方ではあるが、彼らがアメリカを受け入れたのは、生きていくための知恵なのかもしれない。いずれにしても、彼らは実に複雑な立場に置かれているのだ。

いつだったか、アランが言っていた。沖縄は日本の中でも特別な場所なんだと。それは、色々な意味で正しかったのだ。

摩文仁の丘付近は、日本軍と沖縄人とが追い詰められて、最後の最後に肉弾戦を繰り広げ、ウシジマ中将が自決を図ったことによって終戦したという、いわくつきの場所だった。そして、そここそが、ヒガが子供の頃から慣れ親しんだ故郷だった。

アメリカ軍のトラックに乗せてもらい、何マイルかを歩いて、ヒガは、かつて生家があった場所にたどり着いた。水平線すれすれに、太陽が沈みゆく時刻に。

故郷の村は、文字通り、焦土と化していた。

戦後四年が経つというのに、故郷の村は消え去ったままだった。命あるものすべてが死に絶え、かたちあるものすべてが焼き尽くされ、破壊されていた。雨ざらしになって肉が流れ落ちた骸骨が、草の合間に転がっていた。死臭が湿った風に乗って漂っている気がした。ヒガは、ただ呆然とその場に立ち尽くすばかりだった。

日が落ちて、夜になっても、ヒガは、その場を離れなかった。生家があったはずの場所に座り込み、膝を抱えて、いつまでも、いつまでも、真っ暗な闇の中で、目を見開き続けた。頭の中は、恐ろしいほどにしんとして、空っぽだった。

漆黒の満天に星がきらめいていた。その中のひとつが、きらめいて、すっと流れていったのを見たとき、ヒガは突然、理解した。

父も、母も、妹たちも、祖母も、もうこの世にはいないのだ。

アメリカのせいか、ヤマトのせいか、わからない。けれど、皆、殺されたのだ。戦争という名の、人間が生み出した生き地獄に巻き込まれて。

そう気づいた瞬間、真っ暗な大地に、ふうっと、幾千の光が浮かび上がるのが見えた。それは、打ち捨てられた遺骨から抜け出した魂かもしれなかった。光はふわふわと揺れて、ヒガを手招きしているかのようにも見えた。そこで初めて、ヒガは、固く目を閉じた。

――帰ろう。

ニシムイへ帰って――そして、描くんだ。ここで見たすべてを。むしゃくしゃする何もかも、全部、ぶつけて。

故郷の丘に背を向けて、ヒガは、走った。転がるようにして。そして、一晩中歩き続けた。

夜明けとともに、首里の丘が見えてきた。うっそうと繁る森。目覚めたばかりの太陽の光を浴びて、きらめく木々の緑を目にしたときに、涙がこみ上げた。

おれは、描く。おれがこの目で見たものを。感じたことを。

——生きるために、描くんだ。

そうして、一気に描き上げたのが、あの不思議な静寂と美しさをたたえた抽象画だった。

「おれ、あいつに言ったんだよ。展覧会に出ようが出まいが、この作品は傑作だって。おれには絶対に描けない、すごい絵なんだって」

タイラはそう言って、上を向いた。

あの作品にはヒガの魂が込められている。直感的に、私はそう思った。沖縄タイムスの関係者は、あの絵が放つ異様な力に恐れをなしたに違いない。

「なんだかんだ言って、おれは、あいつが羨ましいのかもしれない」

独り言のような口調で、タイラが言った。

「おれには妻もいる。小さい娘もいる。どうしたって、売り絵を描かなきゃならない。自分の描きたいものは、後回しにせざるを得ない。……だけど、ヒガは、ほんとうに自分が描きたいものしか描かないんだ。それが、あいつにとって、たったひとつの生きていく理由だから」

生きるために、描く。

それは、ヒガの思いであり、タイラの決意でもあった。私は、いまさらながらに、ニシムイの画家たちの絵が、なぜこんなにも私の心をとらえて離さないのか、わかった気がした。

彼らは、からからに乾いた焦土に根を張って、いまにも枯れかけていた森の木々なのだ。

美術《アート》という名の雨に打たれて、枝を伸ばし、葉を広げ、生き延びようとする木々が、生命の息吹に満ちた森が、どれほど美しいか。そして私は、その森に魅せられて迷い込んだちっぽけな鹿のようなものだった。

「それにしてもひどいな、そのシャツ。着替えを貸そうか」

タイラが、私の胸をつくづくと眺めて言った。

「いや、いいんだ」と私は言った。

「記念に、取っておくよ」

意図しなかったにせよ、またしても画家を傷つけてしまった。

もう二度とそんなことがないようにと誓いを立てるつもりで、私は、絵の具に汚れたシャツを着たまま、宿舎へ帰ることにした。


アランとの別れは、予期せぬ時期に、唐突に訪れた。

九月、夏の太陽はまだまだ勢いを失っていなかった。蒸し暑い診察室で診察する日々は、「サウナに入っていると思っとけ。健康にいいんだと体に教え込むんだ」とチーフのウィルから忠告されるような有様だった。実際、夜になれば熱波がすうっと引いていき、昼間の灼熱に比べれば別天地のような涼しさだと思えるようになっていた。

七月は忙しい月だった。月初めには「沖展」が開催された。会場では、どこで調達したのか、ニシムイの画家たちがスーツにネクタイ姿で来場者を待ち構えていた。私は、アランとジョンとテッドと一緒に観にいった。ウィルは無関心だった。が、エセックス院長は会場に行ってくれたようで、「なかなか興味深い作品が展示されていたね」と、後日、わざわざ感想を教えてくれた。

展覧会のあと、またもや巨大台風が襲来した。私たちのコンセットは再びすっ飛ばされ、軍の施設は少なからぬ被害をこうむった。当然、ニシムイも惨憺たる状況になった。さすがに落ち込むかと思いきや、画家たちは、前年の台風のとき同様、むしろ溌剌として集落再建に取り組んだ。彼らのたくましさに、私もアランも、どれほど励まされたことだろう。がっかりしている場合ではない。私たちも、私たちの住処と診察室の再建に精を出し、診察にもしっかりと気持ちを入れて臨んだ。

八月には一週間の夏期休暇があった。私はアランを誘って、ポンティアックに乗ってスケッチ旅行に出かけた。沖縄本島の北部、ヤンバルと呼ばれている場所を目的地にした。そこは戦時中に焼き尽くされた南部とは違って、豊かな森が残っているということだった。

ほんとうはタイラたちも誘っていきたかったのだが、一般の沖縄人と一緒に旅行をすることは、相変わらずタブーであった。北部出身のシマブクロが、渾身の地図を作成してくれた。

行く先々で、子供たちが車の周囲に集まってきた。若い女性たちはアメリカ人を怖がっているようで、身を隠してしまっていた。戦後数年が経過しても、田舎では、アメリカ人といえば「悪さ」をするとのレッテルを貼られているのだ。悲しいことだったが、彼らの誤解も仕方がなかった。

小さな民宿に泊まり、せっせとスケッチをした。「これをカンヴァスに仕上げて、僕らも展覧会をやろうよ」と、アランは何度も言っていた。旅の終わりには、タイラに沖縄タイムスの担当者を紹介してもらって展覧会の企画を持ち込もうなどと、かなり具体的に話し合いもした。

そして、九月。

診察が終わって、いつものように宿舎へ戻る。汗臭いシャツを脱ぎ捨て、涼やかな宵の始まりに、なんとなく心躍る時刻。チーフ会議から戻ってきたウィルが、宿舎の出入り口に佇んで、「アラン。いるか」と呼びかけた。

新しいシャツに着替えたばかりのアランが、「はい」と振り返った。

ウィルは、口元に奇妙な笑みを浮かべながらアランに近づくと、言った。

「帰国が決まったぞ」

アランの顔に、閃光のような驚きが走った。

「え、おれじゃなくて？」ベッドに身を投げていたジョンが、飛び起きた。

「おれが次じゃないのかよ」テッドが不満そうな声を出した。

「その通り。お前さんたちじゃない、アランだ」ウィルは、くいと親指を突き立てて、アランを差した。

アランは、すっかり固まってしまっている。私は、驚くと同時に、なんと声をかけていいのか、ひどく戸惑った。

僕も、メグミみたいな沖縄美人をみつけて、結婚して、このままずっと沖縄で暮らそうかなあ。

夏の旅行の最中に、そんなことを口にしていた。

ねえエド、メグミって、いいよね。そう思わないかい？

彼女がタイラの奥さんじゃなかったら、僕はとっくに彼女と恋に落ちていたかもしれないよ。

——などと、ティーンエイジャーが意中の女の子のうわさ話をするように、楽しそうに話していた。

アランは、心から沖縄を愛するようになっていた。この地の風土、人々、食べ物、文化、そして芸術に深い関心を寄せ、どうにかしてこのさきもここに留まれないかと、本気で考えているようだった。

けれど、引っ込み思案な彼は、沖縄美人を口説くこともままならなかったし、ましてやさまざまな障害を乗り越えて国際結婚にたどりつくなんてことをやってのけるタイプではない。それでも、せめて夢想の中で、自分をこの地に引き留めたがっているようだった。

そのアランが――ずっと帰りたがっているジョンやテッドではなくアランが、いち早く帰国することになるとは。

「いつ、ですか」

アランは、どんよりと曇った声でウィルに訊いた。

「三日後だ。軍の貨物船でな」

無感情に、ウィルが答えた。

「帰るとなったらさっさと帰れ、ってことかね」

テッドが皮肉を込めて口を出した。

「あと二日は通常通りの勤務だ。荷物は明日じゅうにまとめておいてくれ。あさっての朝、貨物係が集荷にくる。お袋さんには電報で知らせたほうがいい」

こなれた調子で、ウィルが言った。もう何度も医師たちの帰還を見届けてきたのだろう。それゆえに、彼はチーフなのだ。

アランは呆然としていたが、観念したように「わかりました」と小さな声で答えた。そして、肩を落として、ベッドに腰かけた。

すぐにジョンが隣に腰を下ろして、アランの肩を叩いた。

「よかったじゃないか、アラン。お袋さん、故郷でひとりっきりなんだろ？　首を長くして、この日を待ってたはずだぜ」

テッドも、向かい側のベッドに腰かけて、

「そうだよ。確か、お袋さん、中風持ちだって言ってたよな。お前さんが元気に帰ってくるのが、何よりの良薬になるだろうさ」

いつになく親しみを込めて言った。

私だけが、何も言ってやれないままだった。声が喉に貼りついてしまったようで、どうしても言葉にならない。

ややあって、アランは顔を上げた。弱々しい微笑を浮かべて、彼は言った。

「ありがとう。母も、喜ぶと思う。……君たちよりさきに帰国することになっちゃって、申し訳ないけど……」

「いいさ。おれらはもう、慣れっこだ」ジョンが、笑って言った。

「どのみち、おれら全員、いつかは帰ることになるんだろう。そうならなくちゃいけないだろ。おれらのためにも……沖縄のためにも」

はっとした。

沖縄のためにも——。

アランの顔に、不思議な表情が浮かんだ。何度も目を瞬かせ、ジョンをみつめた。彼は、しばらく言葉を探しているようだった。しかし、長い眠りからようやく醒めたような清々しさが、やがてその頬をおだやかに緩ませた。

アランは、肩で息をつくと、静かに微笑んで、言った。

「ありがとう、ジョン。ほんとうに、そうだ。——君の言う通りだよ」

ジョンは、少し寂しそうな笑顔になって、友の肩をもう一度叩いた。

真っ青な中空に星条旗が翻る、陽の光に満ちた朝。

宿舎の前に、港行きの輸送車が到着した。

ウィル、テッド、ジョン、そして私は、近くのデイゴの木陰で、アランとともに談笑していた。アランは、もと通りの明るさを取り戻していた。

アランは、帰国が決まってから、たった三日間で、見違えるほど大人の男になった。

彼はもう二十六歳なのだから、もちろん、とうに立派な大人の男なのだが――ひと皮むけたように、私の目には映った。そして、とてもまぶしく見えた。

アランの荷物は、ここに赴任したときと同様、トランクひとつだけだった。山のように描いたスケッチやカンヴァスの油絵は、置いていくことに決めた。自分が沖縄で過ごした証拠を、不出来ではあっても、ここに残していきたいんだ――と言って。本国から送ってもらって愛用していた絵筆や絵の具は、ひとつ残らずニシムイのみんなに渡してほしいと、託された。

結局、アランは、もう一度ニシムイへ行くことがかなわなかった。それだけが彼の心残りだったことだろう。

荷物をすべて整理したあとで、彼は、私に一冊のスケッチブックを、こっそりと見せてくれた。

おびただしい数の女性の顔や姿が描かれていた。そのすべてが、メグミだった。アランは、彼女に密かに思いを寄せていたのだ。

――彼女に渡してほしいのかい？

訊いてみると、彼は、首を横に振った。

――まさか。そんなこと、ちっとも望んでないよ。だけど、最後に……君にだけは、見てほしかったんだ。まあ、とてつもなくへたくそだけどね。

そう言って、照れ笑いをした。そして、その一冊だけは持って帰ろうと思う、と呟いた。

——大切な痛みなんだ。しばらくは刺さったままの、青春の棘さ。……なんて、格好つけすぎかな？

「元気でな。お袋さんに会ったら、存分に甘えろよ」

握手を交わして、ウィルが言った。

「あいにくですが、甘えるのはお袋さんのほうです」

アランが、やり返した。皆、声を合わせて笑った。

「楽しかったよ」「本国で、また会おうや」アランは、ジョンとテッド、それぞれと握手を交わし、最後に、私と向かい合った。

私たちは、まっすぐにみつめ合った。アランの目には、あたたかな友情の色がいっぱいに浮かんでいた。

急に寂しさがこみ上げてきた。それをごまかすように、私は、笑顔を作って右手を差し出した。

「元気で。また会おう」

アランは、私の右手をしっかりと握り返した。そして、黙ってうなずいた。

私たちの友を乗せた輸送車が、砂煙を巻き上げて遠ざかる。基地内の乾いた一本道の彼方で、やがてそれは小さな黒い点になって、消えていった。

8

十二月の沖縄は、おだやかになった太陽に祝福されたかのような清々しさに満ち溢れる。

クリスマスを間近にして、基地内の施設——食堂や娯楽室、診察室にも、クリスマスのイルミネーションが飾り付けられる。故郷の家族や友人に送るカードやギフトの準備が始まり、休憩時間には休暇やパーティーの話で持ち切りになる。自分が故郷から遠く離れた土地にいること、基地に勤めていることを、ふと忘れてしまうのは、そんなときだ。

私は、去年と同じく、今年もニシムイでクリスマス・カードを買った。ツリーやヒイラギが可愛らしく描かれたクリスマス・カードは、すべてニシムイの画家たちの手描きだった。「油絵よりもよっぽど売れ行きがいいんだ」と、タイラたちは秋口からせっせとカード作りに精を出していた。「雪だるまってのは、こんなふうだっけ?」と、スケッチを見せられたこともあった。何しろ自分たちは雪ってものをまともに見たことがないんだと。ずんぐりむっくりの二頭身のスノーマンを、せめて三頭身にしてやってくれと、私は笑って指摘した。

すらりと長身に生まれ変わったスノーマンが描かれたクリスマス・カードに、両親に宛ててメッセージを書き綴る。

自分はきわめて元気でいること、真面目に勤務に励んでいること。九月にアランが帰国してからしばらくは寂しかったけれど、十一月に新人医師のダミアン・フリードマンが着任して、ふたたびチームが五人体制になったこと。それに、相変わらず休日にはニシムイに出向いて、画家たちと一緒に絵画制作に励んでいることなど。

両親へのクリスマス・ギフトには、タイラが描いたミサオの肖像画――ヒヨコを手にちょこんと載せている――と、ヒガが描いた抽象画の二点を選んだ。

ヒガは、彼の故郷を描いたという、あのモノクロームの幽玄な一作以来、抽象画を描くようになっていた。もともと、エドヴァルド・ムンクやオディロン・ルドンが好きだったという。独特の幻想的な画風は、そのあたりに源があるのだろうか。しかし、ムンクやルドンを超えて、ヒガは絵の抽象化を進めた。タイラが言っていた通り、彼はニシムイの中でも突出した才能の持ち主なのだと、いまや私もはっきりと認識できた。

沖展の一件があってから、ヒガは、いったんひどく落ち込みはしたものの、仲間たちの必死の励ましと支援で、再び絵筆を動かし始めた。私もまた、出しゃばり過ぎないように彼を応援した。彼の境遇に対する憐れみや、彼を傷つけてしまった懺悔の念からなどではない。彼のほんとうのすごさを思い知ったからだ。ヒガには、描く力がある。描くために生きる力がある、と知ったのだ。

その力は、ヒガばかりのものではない。ニシムイの画家たち、全員に備わっているものでもあった。

それまでも、私は、ことあるごとにニシムイで買い求めた作品を、せっせと両親のもとへ送っていた。それと引き換えのようにして、母からは、大量のカンヴァスと絵の具が届けられた。父は、新品のカンヴァスを送るとそれが絵になって返ってくるのがいたく気に入ったらしく、私から送られてくる荷物を「美の定期便」と呼んで、楽しみに待っているということだった。

タイラの作品はもはやおなじみだが、それまでは、両親のもとへヒガの作品を送ったことはなかった。

サンフランシスコから届けられた新品のカンヴァスを、私はヒガに提供した。ヒガは黙ってそれを受け入れ、薄い青と灰色がほのかに混じった暗い白一色の絵を描き上げた。目を凝らしてみると、白の中にはさまざまな形が浮かび上がってくるようにも見える。それがなんなのか、はっきりとはわからないが、描いたものをわざと塗りつぶして画中に沈めている。一見単純な画面だが、実は凝りに凝った手法なのだ。

タイラは、完成した作品を見て「やられた」と、悔しそうに、しかしどこか嬉しそうにつぶやいていた。その作品を両親に贈ろうと、私はただちに購入したのだった。

マーガレットにも、同じくクリスマス・カードにメッセージを書いた。

僕は元気でいるよ。もう三回もクリスマスを君とともに過ごしていないなんて、なんだか信じられない気持ちだ。寂しくはあるけれど、仕事で忙しくしていること、それにニシムイの仲間と絵を描くことで、どうにかやり過ごせそうだ。どうか君も元気で。心からの愛を込めて。

去年、贈りそびれてしまった、タイラが描いた私の肖像画。今年こそは、クリスマス・ギフトとしてマーガレットに贈ろうかと思案したが、結局、自分のもとに置いておくことにした。

——あれは、どうにかこうにか、やっと、こ、さ、でエドのところに行ったんだから、もうエドのそばを離れちゃいけないんだ。絶対に。

タイラの言葉が思い出された。あの瞬間に、私は、この肖像画を、生涯自分のもとから離すまいと決めたのだ。

このさき、故郷に戻ろうとも。あるいはどこか別の場所に赴任しようとも。どこへ行こうと、この絵は、私とともにある。

私は、マーガレットへ贈るギフトとして、自作の自画像を選んだ。自画像というのは、描いてみると、これがなかなか難しかった。鏡の中の自分をみつめる。内面が浮かび上がってくるまでみつめて、描く。結構、照れくさい行為だ。つい目を逸らしたくなってしまうものだが、逃げるな、とタイラに指南された。

——逃げたら負けだぞ。とことんみつめるんだ。自分がいったいどういう人間なのか。どんな心根の持ち主で、どんな人生を送ってきたのか。徹底的にあぶり出せ。いじめていじめて、いじめ尽くしてやれ。そのくらいしないと、自画像なんて描けやしねえぞ。

そうして自虐的なまでに自分の内面をみつめて、自画像が仕上がった。タイラは、ひと目見た瞬間、くすっと笑った。何がおかしいんだよ、と私は、顔を赤くして尋ねたが、タイラは、いや、だってさ……と、笑って言った。

——なんだか、おっかない顔なんだもの。あんたはもっと、やさしくてハンサムなのに。

自分をいじめ尽くして描けと教えたくせに、意地の悪い教授のせいで、世にも険しい顔をした肖像画になってしまった。「怒りの葡萄」の主人公、トム・ジョード役を演じたヘンリー・フォンダみたいだなと、褒めているんだか貶しているんだかわからない感想を、ジョンから謹呈された。

それでも私は、人生初の自画像を、私のいない三度目のクリスマスを過ごす婚約者のせめてもの慰みに、贈ることにしたのだった。

「クリスマス休暇がもうすぐだっていうのに、僕ら、帰れないんですねえ」

十二月も後半に入ったある日のこと、食堂で夕食を取りながら、ダミアン・フリードマンが不満げに言った。

ダミアンは二十四歳、地元テキサスのヒューストンにあるベイラー医科大学院で精神科の修士課程を六月に修了したばかりの、正真正銘の新人医師だ。私の場合は、まず京都に赴任して地ならしをしてから那覇へやってきたわけだが、ダミアンは初の赴任地がここ沖縄だった。

アランとはうってかわって、彼は日本にも沖縄にもほとんど興味がなかったが、大学の研究室にアメリカ陸軍海外基地勤務医募集の告知がきているのを知り、兵士相手にできるだけ多くの症例を診て、手っ取り早くキャリアを積もうと考え、応募したのだという。言葉も通じない世界の果てにある野蛮な島――というのが、ダミアンの想像する沖縄像だった――で従軍して精神を病んだ兵士たちがどんな症状に陥っているのか、研究対象にしたい、という野心もあるようだった。

「研究室の問題児だったんじゃねえの。さもなきゃヘンタイだよ」

ここへ来た経緯を悪びれもせずにダミアンが明かすのを聞いて、ジョンが、半ば呆れて私に言った。もちろん、彼のいないところで。

食堂でのダミアンの発言に、意地悪く反応したのもジョンだった。

「何言ってんだよ。お前さん、ここへ来てまだ一ヶ月ちょっとじゃないか。ママを恋しがるには早過ぎるだろ」

ダミアンは、むっと表情を強ばらせたが、

「そうですね。一ヶ月くらいじゃたいした症例も診なかったし、まあ、これからが本番でしょうね。来年あたり、朝鮮戦争でも勃発すれば、沖縄《ここ》からどんどん兵士が送り込まれて、患者も一気に増えるでしょうから」

ジョンが何か言いたげに、テッドに目配せした。テッドは、テーブルに身を乗り出して、向かいの席に座っているダミアンに、小声で言った。

「おい、ちょっとは口を慎めよ。お前も医者のはしくれだろ。その戯言がウィルの耳に入ったら、ただじゃ済まされねえぞ」

ダミアンは、スプーンで忙しくベイクドビーンズをすくい上げながら、

「ご忠告、どうも」

しれっと返した。そして、さっさと食事を済ませ、食器の載ったトレイを持って立ち上がると、

「じゃ、お先に」

ぷいと行ってしまった。

「とんでもねえ坊やだな」

テッドがため息をついて言った。

「まったくだ。朝鮮戦争が勃発するだなんて……不吉なことを言いやがる」

ジョンが、ラッキーストライクの箱をポケットから取り出してつぶやいた。一本勧められたが、私はなんとなく遠慮した。

「なあ。なんで沖縄《ここ》に基地があるのか、考えたことあるか」

宿舎への道々、唐突に、ジョンが尋ねた。

「ないね」タバコの煙を吐き出して、テッドが応えた。

「おれらは、基地にいるんじゃなくて、兵士のいるところに張り付いてるだけだからな。ま、エンジニアみたいなもんだ。エンジンがいかれちまった戦闘機をチェックして、油を注す。沖縄だろうが、フィリピンだろうが、グァムだろうが、場所は関係ない。同じことをやるまでだ」

テッドの言葉に、ジョンも私も、何も返さなかった。

彼の言っていることは、おそらく正しかった。場所はどこであろうが、自分たち軍医は、兵士のいるところでこそ必要とされる。何故沖縄に基地があるのかなどと考えるのは、言ってしまえば、愚の骨頂だ。しかし、私はジョンの唐突な質問の真意がわかる気がした。

ダミアンが何気なく口にした不吉な予言——朝鮮戦争の勃発、のひと言が、気味悪く胸に引っかかっていた。

朝鮮半島を巡る情勢は、まさに一触即発の様相だった。終戦後、北ではソ連に支援された朝鮮民主主義人民共和国が、南ではアメリカを後ろ盾に大韓民国が、それぞれ建国された。

生まれたての双子は、相反するふたりの養母に、それぞれ育てられることになった。生まれながらにして憎み合う運命となってしまった両国の背後で、アメリカとソ連が睨み合っている。さらに面倒なのは、ほんの二ヶ月まえに、中華人民共和国が建国され、北朝鮮の隣国となったことだ。三重に連なった「赤い壁」が韓国を脅かすこととなり、武力による朝鮮半島統一を狙う北朝鮮が、三十八度線を越えてくるのは、もはや時間の問題だった。

共産主義の台頭を警戒するアメリカの目下の敵は、北朝鮮の「養母」であるソ連だ。アメリカは、注意深く北の出方を窺っている。こっちから手を出すようなことはないだろうが、あっちが手を出した瞬間を逃さずに叩くつもりなのだ。ゆえに、アメリカによる朝鮮半島の軍備は、着々と進められていた。

大戦が終わって、まだほんの四年。朝鮮半島を含む東アジアの情勢はいまだに不安定だ。あの戦争を勝ち抜いて、世界の覇者となったアメリカが、ぼやぼやしている暇はないのだ。東アジア地域でこのさき起こるであろう紛争にいち早く参戦するためにも、ソ連と中国、ふたつの赤い大国に睨みを利かせるためにも、「沖縄」に基地を持つことは、アメリカにとって、戦略上、極めて重要なことだった。

朝鮮半島を巡る情勢をつらつらと思い浮かべながら、一方で、アランが残していった言葉を思い出していた。

僕らは、遅かれ早かれ、全員が沖縄《ここ》から引き上げなきゃならない。

それが、沖縄の人たちのほんとうの自立のためになるんだったら――僕は、喜んで帰国するよ。

突然の帰国指令に最初は戸惑ったアランは、しかし、そう悟って帰っていった。

いつしか沖縄を深く愛するようになり、その歴史や地政学を独学して、運命的としか言いようのないこの島の立ち位置を、彼は彼なりに理解していた。

その時々の権力者に翻弄され続けたこの島の人々が、それでも独自の文化を決して捨てず、たとえ全島が焦土になろうとも、創り、唄い、踊り、描き、生き抜いた強さを、敬意をもって見守り、支えていきたいと考えていた。

そして、自分にできるたったひとつの支援は――この島から出ていくことなんだと、最後に悟ったのだった。

「なんか、間違ってる。そんな気がしてならないよ」

歩きながらタバコを投げ捨てて、ジョンがつぶやいた。

「ようやく戦争が終わったってのに、また始めようってんだからな。たいしたタフガイだよ、おれらの国は。この島にしてみれば、親方だった日本には見捨てられて、いやおうなしにタフガイの子分にされてさ。いい迷惑なんじゃないのかね」

「気をつけろよ。そんなことウィルが聞いたら、ただじゃ済まされないぞ」と、またテッドが忠告した。

私は、やはり何も言わなかった。その日の私は無口だった。得体の知れない霧が、胸の中に立ち込めていた。暗く湿った霧が。

アランがいてくれたらいいのにと、ふと思った。思わずにはいられなかった。

クリスマスの朝がきた。

私たち精神科医チームのメンバーは、どうにか全員、定時に起床して、基地内の教会でのクリスマス・ミサに揃って参加した。

イブには全員で那覇の繁華街に繰り出して、ダンスホールでのパーティーに参加した。

ホール内は軍人で超満員だった。チーフのウィルも、新人のダミアンも、フリルつきの落下傘のようなスカートを広げて踊る沖縄ガールを相手に、夢中になって踊っていた。シャンパングラスの中の泡さながらに、その場にいる誰もが弾けていた。

泥酔したジョンとテッドを介抱しながら、全員、基地行きの軍のバスに乗り込んで、どうにか帰り着いた。ミサに間に合うように起きられないかもしれないと思っていたが、我ら医師団は意外にも生真面目だった。「クリスマスに神様に見放されるようなことをしたら、お袋が嘆くからな」と、ジョンはミサのあいだ、何度もあくびを噛み殺していた。

帰郷せずに基地に残った職員は、医師も含めて、三日間のクリスマス休暇だった。私は、午後からニシムイへ行かないかとジョンを誘ったが、頭がガンガンする、よろしく言っといてくれと、同僚は再びベッドにもぐり込んでしまった。

私は、母とマーガレットが送ってくれた十六足の手編みの靴下に、キャンディやチョコレートを詰め込み、子供たちへのプレゼントを作った。

画家たちへの贈り物は、父に頼んで買ってもらった、スタンド式の鏡が七つ。四角いノート大で、机の上に立てて使用することができる。画家たちが自画像を描くのに、くすんでぼやけた鏡やひびの入った鏡を、互いに貸し借りしながら使っているのを見て、新品の鏡を全員にプレゼントしようと思いついたものだった。

が、ほんとうは、メグミが古いコンパクトを後生大事にしている——とタイラから聞かされたのがきっかけだった。メグミも、ほかの画家の妻たちも、新しい鏡を手にして、きっと喜ぶだろう。

鏡はひとつひとつ、薄い箱に入れられて、銀色の包装紙で包まれ、赤いリボンがかけられていた。母がしてくれたに違いなかった。いつかニシムイの画家たちの「自画像展」ができるといいわね、あなたの作品も含めて——と、茶目っ気たっぷりのメッセージが添えられていた。

案の定、リボンを解いた箱の中から鏡が現れると、画家たちはいっせいに歓声を上げた。何やら沖縄語で互いに言い合ったあと、「すごい！　驚いたよ」「ありがとう、最高だ」と、私に向かって、口々に英語で礼を述べた。

「これで顔を直せば、美人が三割がたアップするぞ」

鏡を手に取ってうれしそうに覗き込むメグミに向かって、タイラが言うと、

「意地悪ね」

メグミは、頬を赤くして、鏡を胸にぎゅっと抱いた。

プレゼントの箱が、ひとつだけ、開けられずに残っていた。その場にはいないヒガへのものだった。タイラは、それを卓上から取り上げると、

「行こうぜ。あいつ、あんたが来るのを待ってるはずだ」

そう言った。

待っているのだろうか、とは思ったが、私はタイラの後を追ってアトリエを出た。集落の外れの掘建て小屋に、ヒガはいなかった。私たちは、彼を探して、森の中へと入っていった。そして、冬でも鬱蒼とした木々の繁みが突然途切れるところ——遠く海を見渡す森の果てで、座り込んでスケッチをしている彼の姿をみつけた。

「メリー・クリスマス、ヒガ」

タイラが、痩せた後ろ姿に声をかけた。振り向いて私たちをみつけたヒガの顔に驚きが浮かぶのがわかった。

「スケッチしてるのかい？」

ゆっくりした英語で私が語りかけると、ヒガは、戸惑ったような顔になった。

私たちは、彼の近くへ歩み寄った。ヒガは、隠すように、スケッチブックを裏返しにして足下に置いた。アランが帰国するとき、「これはヒガに」と私に託した、新品のアメリカ製のスケッチブックだった。

私は、ヒガの横に佇むと、はるかな水平線に視線を放ちながら、あえて彼の顔を見ずに、ゆっくりと語りかけた。

「君の描いた絵を、両親に、クリスマス・ギフトとして贈ったんだ。そしたら……」

隣で、ヒガが息を殺すのがわかった。私は、微笑んで、言葉を続けた。

「とても、とてもいい絵だ。居間の、いちばん目立つ場所に飾って、毎日眺めても飽きない。そう言ってきたよ。すばらしい絵を描いてくれたアーティストによろしく、ありがとう。……心から」

それから、私はヒガのほうを向いた。ヒガは、私をみつめていた。その瞳は、風に撫でられた湖面のように、かすかに揺れていた。

タイラは、にっと笑って、ヒガの背中を勢いよく叩いた。

「このおせっかいのドクターから、お前に、クリスマス・プレゼントだよ」

そう言って、赤いリボンのついた銀色の包みを差し出した。ヒガは、壊れものにでも触るように、恐る恐る手を出すと、それを受け取った。

包みの中から鏡が現れると、わっ、とヒガは声を上げた。

「何だこりゃ」と彼が英語で言うのを受けて、タイラが「見ての通りさ。鏡だよ」と愉快そうに返した。

「これでお前も、自画像を描いてみろよ。それで、ニシムイのみんなで、『自画像展』をやるんだ」

「自画像展……？」ヒガが、きょとんとして言った。

「その通り。僕も、参加するつもりなんだ。アランも参加するはずだ。……もしほんとうに展覧会をやるなら、アメリカから作品を送るからって」

私が言うと、タイラが眼鏡の奥の目を丸くした。

「ほんとか？　そりゃあ、初耳だ」

「ほんとうだとも。そもそも、『自画像展』をやろうって言い出したのは、アランなんだぜ」

私とタイラが盛り上がるのをよそに、ヒガは、ピカピカに光る鏡を注意深く覗き込んでいた。そして、あごのあたりをごしごしとこすって、

「汚ねえ顔だなあ」

呆れたようにつぶやいた。

タイラと私は、顔を見合わせて、たまらずに笑い出した。

それから、タイラは、ちょっとしたサプライズとして、ヒガの近況を教えてくれた。一週間まえから、壺屋の焼き物工房の絵付師として、復職したという。

タイラは、メグミとともに工房へ出向き、以前ヒガを解雇した親方に面会した。そして、ヒガがこっそりと描きためていたスケッチを見せ、最近いっさいアルコール類を口にしていないこと、懸命に絵に向き合っていることなどを話し、どうにか復職できないかとかけ合った。

メグミは、自分がヒガに代わってその工房で働き始めたことを、ずっと気に懸けていた。タイラは、この半年ほどで絵が売れるようになってきたこともあるし、メグミには

仕事を辞めてもらって、もと通りにヒガが働けるようにと考えたのだった。

親方は、ヒガのスケッチをじっくりと眺めて、沈思黙考の末、決断した。そういうことなら、メグミとヒガと、両方に働いてもらおうじゃないか、と。

「ほんとうに？　すごいじゃないか、ヒガ。やったな！」

私はつい興奮して、ヒガに向かって手のひらを高く差し出した。ヒガは、少々照れくさそうだった。私たちは、昔からの友人同士がするように、手と手を高く掲げて、パチンと合わせた。

遠く海からの風が、ニシムイの丘を撫でるように吹き上げてくる。こんなにさわやかなクリスマスの午後は、まったく初めてだった。

タイラがアトリエの仲間たちに声をかけて、森の果ての海の見える丘に、三々五々、全員が集まった。皆、ヒガがスケッチしているのを見て、こりゃあクリスマスの奇跡だと驚いていたが、やがて、全員参加でスケッチ大会になった。もちろん、私も加わった。皆、広々と拓けた風景をスケッチブックに写生していたが、私だけは、いっせいにスケッチを始めた画家たちの様子を、なんとなくわくわくした心地で、白い紙の上に写し取っていった。

メグミと画家の妻たち数人が、大きなかごに揚げ菓子やふかし芋、急須や湯呑を入れて、頭上に載せ、持ってきてくれた。二歳半になるミサオは、片手に菓子入りのソックスを、もう一方の手にサトウキビを握って、私のところへやってきた。そして、「アイ、ギブ、エド」と片言の英語で、サトウキビを私に差し出したのだった。

「ミサオからのクリスマス・プレゼントだ」

目を細めて、タイラが言った。私は、サトウキビを受け取って、

「アリガトウ」

日本語で言った。ミサオは、小鳥が羽ばたくような微笑みをあどけない顔の上に広げた。

ある者は一心に木炭を動かし、ある者は茶を飲み、ある者はタバコを吸って、とりとめもなくしゃべり、笑い合っていた。その輪の中に、ごく自然にヒガがいることが、私は無性にうれしかった。

「あ。軍の貨物船だ」

スケッチをしていた手を止めて、タイラが言った。私は、遠くに横たわる海に視線を移した。

本国行きのアメリカ軍の貨物船は、週に一便、火曜日に那覇港から出港する。かなり大きく、軍艦とも明らかに違う船なので、ニシムイの丘から見てもすぐにわかるのだとタイラが教えてくれた。その日は日曜日だったが、クリスマス休暇で本国へ帰る人々を乗せて、特別便が出港したのだった。レーダーマストが、日光を反射して、針の先ほど

の小さな光をチカッと放つのが見えた。

「あれに乗って、アランは帰っちまったんだよなあ」

タイラが、ふと、つぶやいた。

「ここへ寄って、ひと目みんなに会ってから、帰ったってよかったのに。……ああ、こん畜生。もういっぺん、会いたいなあ、アランに」

何気ない独り言だったかもしれない。けれど、タイラの言葉には、遠く離れた友をなつかしむ思いが込められていた。

私は、黙ったままで、水平線を眺めていた。おもちゃのように小さな船影は、東シナ海を南へと、ゆっくり、ゆっくり動いていった。

「なあ、エド。……あんたは、あんな帰り方、しないだろ?」

突然、タイラが私に言った。私は、はっとして、タイラの顔を見た。

祈るような顔つきで、タイラは、もう一度言った。

「おれらに黙って行ってしまうようなことは、ないだろ?」

咄嗟のことに、私は、返答に窮してしまった。

帰る？　黙って行ってしまう？　……私が？

それは、考えてみれば当然のことだった。「別れ」が、少しさきの未来で、私たちを待ち構えていることは。

——僕らは、遅かれ早かれ、全員が沖縄《ここ》から引き上げなきゃならない。それが、沖縄の人たちのほんとうの自立のためになるんだったら——僕は、喜んで帰国するよ。


アランの言葉が、鼓膜の奥に蘇った。私は、思わず、頭を横に振った。

「ああ、もちろんさ。……そんな帰り方は、しないよ」

タイラは、真剣なまなざしで、迫るようにたたみかけた。

「絶対か」

「ああ、絶対だ」

「約束するか」

私は、一拍おいて、はっきりと答えた。

「約束する」

タイラの顔に、ようやく笑みが戻った。

あたりがすっかり暗くなるまで、私たちは、飽かずスケッチをし、暗くなってからも談笑を続けた。森がとっぷりと闇に包まれ、女たちがロウソクを持って迎えにきて、ようやく腰を上げたのだった。

ロウソクを片手に、タイラが私をポンティアックまで送ってくれた。

「じゃあ、年明けにまた来るよ」

運転席に乗り込むと、私は言った。タイラは、そうだ、と急に何かを思い出した様子で、

「ちょっと待っててくれ」

急いでアトリエへ走っていった。

やがて、銀色の包装紙に赤いリボンがかかった四角いものを手にして、戻ってきた。そして、

「これ、おれからのプレゼントだ」

その包みを差し出した。私は、首を傾げた。

「さっきの包み紙じゃないか」と言うと、

「包み紙がなかったから、再利用したんだよ。文句言うな」タイラが苦笑した。

包み紙を広げると、中から現れたのは、セイキチ・タイラの自画像だった。

沖展に出品されたもので、これは傑作だと私が感じていた、あの作品だ。

「おい、本気かよ」

私は思わず笑ってしまった。

「これは、いずれ『自画像展』に出すんじゃないのか。まさか、僕がもらうわけにはいかない……」

「いいんだよ」

タイラが、私の言葉をさえぎった。

「――エド。この絵を、連れてってくれ。あんたと一緒に」

私は、一瞬、息を止めて、タイラの目を見た。

ロウソクの光を反射して、眼鏡のレンズがちらちらと光っている。その奥の瞳は、たとえようもなくやさしかった。そして、ほんの少し、寂しそうな色が浮かんでいた。

「わかったよ。……ありがとう」

なぜだか、それ以上、タイラの瞳をみつめていられなかった。ほんとうは、タイラの自画像を胸に抱きしめたいような気持ちでいっぱいだったが、わざと乱暴に助手席にそれを置くと、

「じゃあ、またな。メリー・クリスマス」

軽く片手を挙げて、そう言った。タイラも片手を挙げ、黙ったままで微笑んだ。

聖夜の空、漆黒の静寂《しじま》に、天の川が冷たく浮かび上がっていた。


年が明けた。

クリスマス休暇で一時帰国していた将校たちや、思い思いに休日を過ごしていた兵士たちが戻ってきて、基地内は再び活気づいた。

休暇明けの時期は、一気に患者が増える。休みのあいだに酒を飲み過ぎたり、孤独感に苛まれたり、ホームシックになったり、新しい年がやってくることへの不安が増大したりするからだ。相変わらず、兵士や軍属による村の娘たちへの「悪さ」、一般人への暴力行為などが絶えず、彼らに対するカウンセリングと処方がひっきりなしに行われた。そんなわけで、ニシムイの仲間たちに新年の挨拶をしにいくのは、当面お預けになりそうだった。

犯罪行為にかかわった兵士は、懲罰房たる営倉——鉄のネットフェンスで囲まれているることからモンキー・ハウスと呼ばれていた——に、即刻勾留された。彼らの精神状態をチェックするために、私たち精神科医が営倉へ往診に出向くのは、もはや日常茶飯事となっていた。

「特殊な症例」に人一倍関心を寄せるダミアンは、進んで営倉往診に出向き、ウィルに熱心に報告していた。また、従来とは異なった処方や対症療法を試みたりもしていた。「あいつ、なかなかやるじゃないの」と、「とんでもねえ坊や」に対するジョンやテッドの評価は少しずつ上がった。私の目にも、ダミアンは、少し変わってはいるが自分の興味のあることにはどこまでも忠実な人間——そう、ヒガのような——に映り始めていた。

新年が始まって二週間が過ぎようとしていた頃、ちょっと聞いてほしいことがある、とダミアンが私のところへやってきた。

食堂の外で、食後の一服をしているときだった。私がひとりになるのを狙ったかのようなタイミングだったので、何事かと思ったのだが、

「今日、営倉の往診に行って、二等兵の診察をしたんですが……黒人で、年齢は二十歳、精神状態はいたって正常、既往症もなく、体調も異常なしだったんです。で、僕にだけ打ち明けると言って……成り行き上、聞いてしまったんですが、これはどうしたものかと思って……」

私は眉根を寄せた。モンキー・ハウスに放り込まれたのだから、よほどのことをしでかしたのだろう。

「何をやらかしたんだ？」

私の質問に、ダミアンは、緊張気味に答えた。

「殺人です。何か、女のことで、一般人と喧嘩になって……撲殺したと」

私は、黙り込んだ。

ダミアンにとっては、初めてのケースだったのだろう。が、それは、決して珍しいことではなかった。

沖縄はアメリカの一部だ。ここで起こったことのすべては、軍の都合で処理される。加害者は、モンキー・ハウスに放り込まれ、精神科医のカウンセリングを受け、何週間か勾留され、更生の見込みがなければ除隊、本国へ強制送還される。一方、被害者とそ

の家族は泣き寝入りするほかはない。

――殺して何が悪い？

私がカウンセリングを担当した患者の中に、そんなふうに言った兵士がいた。

――生きていてもしょうがないような貧乏人を、たったひとり、殺したまでだ。

――どうせ戦争で殺すんだ。何百人、何千人とね。……そうさ。何が悪いんだ？

「やっぱり、ドクター・ザバックに報告するべきかな」

ごく低い声で、ダミアンがつぶやいた。自分に問い質しているような口ぶりだった。

「いや。……言わなくていいよ。ウィルはもう、知ってるはずだから」

私が言うと、

「そうですか？」

ダミアンが、顔を上げた。私は、うなずいた。

ダミアンは、所在なさげに、転がった吸い殻を靴のかかとで踏みにじっていたが、

「聞いてくれてありがとう。あなたに話して、よかった。少し気持ちが楽になりました」

弱々しい笑顔を作って、宿舎のほうへと戻っていった。

その後ろ姿を見送りながら、私も彼と同じだった、と思い出していた。

こんなにも身近で、こんなにも簡単に人が殺されてしまうことが、奇妙で、現実感が

なくて、怖かった。

けれど、私たちは「軍医」なのだ。基地があるこの地で、基地に属する人間が患者ならば、彼らを助けなければならない。彼らがいかなる罪を犯したとて、粛々と診察し、対処していくほかはない。

矛盾しているとわかっていながら、私には、その事実が何より忌々しく、苦しかった。


うららかな日差しがコンセットの窓からこぼれ落ちる、よく晴れたおだやかな朝に、事件は起こった。

いつもと同じように、私たち医師は診察室に出向いた。それぞれの診察室に入り、白衣を着て、デスクの前に座る。待合室には、予約の患者たちがすでに待っている。それが精神科の特性ではあるのだが、さわやかな朝に似つかわしくなく、患者たちには覇気がない。それでも、私たちは、とにかく診察を開始する。それが仕事であり、使命なのだから。

その日ふたり目の患者の診察に入ったとき、デスクの内線電話が鳴った。内線で呼び出されるときは、大抵、誰かが暴れているとか、とんでもない事件が起こったとか、急を要する事態が起こったときなのだ。ゆえに、受話器を上げるのは、いつも重たく感じられる。

「はい、ウィルソンです」と応えると、

『診察中失礼します、ドクター・ウィルソン。こちら、東第七ゲートです』

どきっとした。

東第七ゲート。――私との面会を申し入れにきたタイラが、守衛たちに暴行を受けたゲートだ。悪い予感が、疾風のように駆け抜けた。

「やあ、どうも」と私は、無理矢理明るい声で挨拶をした。あの一件のあと、当時の守衛は異動になったはずだった。

「まさか、私の知り合いがそこに来ている……なんて連絡じゃありませんよね」

何のことかわかるまい、と思いつつ、冗談めかして言うと、

『ええ、その通りです。タイラという男で、至急、あなたに面会したいと……』

最後まで聞かずに、私はすぐさま受話器を置くと、立ち上がった。

診察中だった患者には、しばらく待っていてほしいと告げ、白衣のままで診察室を飛び出した。

ちょうどすれ違いに、チーフ会議を終えたウィルが入ってきたところだった。

「おいエド、どこへ行くんだ、勤務中だぞ！」

横をすり抜ける瞬間に、彼が声を荒らげるのが聞こえた。

どくんどくん、どくんどくん、心臓の音が猛烈な勢いで全身を駆け巡る。私は、全力で東第七ゲートを目指して走った。

とてつもなく悪い予感がした。何か取り返しのつかないことが起きてしまったような。

「――エド！」

ゲートの向こうに立っていたタイラが、私の姿を認めて、大きく両手を振りながら叫んだ。

守衛たちによる暴行は、さすがに二度はなかったようだ。タイラがまともなのを見て、私はひとまず安堵した。

「すまない。……仕事中に、呼び出しちまって」

タイラが言った。その顔は、汗と埃にまみれ、疲れ果てていた。やはり何事かが起こったのだと、それでわかってしまった。

「どうしたんだ。いったい、何が……」

尋ねながら、答えを聞かされるのを、私は恐れていた。タイラは、無言で私の目をみつめた。その目は、やはり何かを恐れて震えていた。

「……ヒガが……」

そう言ったきり、あとは言葉にならなかった。タイラは、全身の力が抜けてしまったように、がくがくとしゃがみ込むと、地面に膝をついた。

汗で湿ったシャツが張りつく背中を、私は、呆然と見下ろしていた。

タイラのアトリエに敷かれた薄っぺらいふとんの上に、ヒガは横たわっていた。シマブクロ、ヤマシロ、ナカムラ、ガナハ、ナカザト――ニシムイの仲間たちの沈痛な顔が、その回りを囲んでいる。

聴診器、ライト、舌圧子《ぜつあつし》、注射器、包帯、緊急な往診に必要なものを手当たり次第突っ込んだ鞄を引っつかみ、ウィルの制止を振り切って、白衣を着たまま、ポンティアックに飛び乗った。助手席にタイラを乗せ、ニシムイまですっ飛んできた。けれど、持ってきたものは、何ひとつ役に立たなかった。そしてヒガの症状は、完全に私の専門外だった。

ヒガの目からは溢れるように目やにと涙が流れていた。まぶたをこじ開けてライトを当ててみたが、虹彩は微動だにしなかった。視神経が、完全にやられてしまっていた。ヒガの枕元に正座して、メグミが両手で顔を覆っていた。泣いてはいなかった。一晩中泣き続けて、涙はもう枯れてしまったのだ。いまはただ、現実を直視できないようだった。

「よう、見えないのかよ、ヒガ」

力のない声で、ヤマシロが訊いた。

「よう、ほんとに見えねえのか。目、開けてみろよ」

ヒガのまぶたは開かなかった。強いショックからか、声も出せないようだった。呼吸をするたびに、ひい、ひい、と、喉の奥から苦しげな音が漏れていた。

「……私が、いけなかったのよ……」

顔を覆った両手の隙間から、消え入りそうなメグミの声が聞こえてきた。

「あのとき、すぐに逃げていれば……誰かに助けを求めていれば……こんなことには、ならなかったのに……」

指の隙間から、新しい涙が滲み出た。涙は手の甲を伝って、彼女の膝の上をぽつぽつと濡らした。

タイラは、膝を抱えて、じっとヒガを見下ろしている。彫像にでもなってしまったかのように、いつまでも動かない。

無力な私は、屍のようなヒガの姿を傍観することしかできなかった。

ヒガの失明――それは、メチルアルコールを飲んだこと、いや、正確に言えば、飲まされたことが原因だった。

昨夜、ヒガとメグミは、壺屋での仕事を終え、牧志の市場で食材を買って帰ろうと、寄り道をした。

給料日だった。ヒガは、酒以外のものを給料で買うのは初めてだと、喜んでいた。

牧志は、市場と歓楽街が同居する町だった。メグミが以前勤めていたバーも、その裏路地にあった。当然、将校や兵士も大勢うろついている。そこでふたりは、思いがけない人物と出くわしてしまった。

あの男――私がメグミのいるバーを訪ねたとき、彼女にしつこくまとわりついていたあの将校、ロバート・ヒル少佐だった。

――ルーシーじゃないか。なんだ、こんなところで男と油を売ってるのか。その貧乏くさいやつが、お前の新しい愛人なのか？

少佐は、ボディーガード代わりの屈強な下士官をふたり、連れていた。すでに酔っているようだった。メグミは、すぐに行こうとしたが、少佐が彼女の腕をつかまえて、もう逃がさないぞ、と笑いながら言った。

――おい薄汚い男、とっとと消えろ。この女はもともとおれのものだったんだから……。

ヒガは、いきなり少佐に殴りかかった。拳は少佐の頬をかすめただけだったが、下士官がふたりがかりでヒガを押さえつけ、殴りつけた。メグミは恐怖のあまり、声も出せなかった。

――お前、おれを誰だと思っているんだ。おれに手を出したな。償え。いますぐ、償ってみせろ。さもなきゃ、この女を……。

少佐が、無理矢理メグミを抱き寄せた。

──やめてくれ！

ヒガは、叫んだ。

──なんでもする。その代わり、その女を離してくれ！

少佐は、高笑いしながら、ヒガとメグミを無理矢理引き連れて、あのバーに入っていった。バーのマダムは、少佐とともにメグミが現れたのを見て、驚いたが、言われるままに、強い酒を出した。

──酒を飲ませてやる。お前のような貧乏人には過ぎた酒だ。そら、飲んでみろ。

……どうだ、うまいだろう。

「バクダン」と呼ばれる粗悪な酒だった。メチルアルコールを含む、飲み過ぎると危険な酒だ。メグミは、それを飲み過ぎて命を落とした沖縄人を何人も知っていた。

──やめて！

メグミが制止するのも聞かずに、ヒガは、一気に飲み干した。

──いい飲みっぷりじゃないか。よし、もっと飲め。ルーシー、お前も飲むんだ。マダム、もっと強いのを出せ。

──だめよ。死んじゃうわ、そんなことしたら……。

——こんなやつ、死んだって構わないさ。さあ、出せ。出せと言ったら出せ。出さなかったら、お前のしみったれた店なんぞ、即刻つぶしてやるぞ。

それでもマダムは出さなかった。すると、少佐は、カウンターに身を乗り出して、メチルアルコールの小瓶をつかみ、メグミの目の前にそれを置いた。

——さあ飲め、売女。おれを裏切った罰だ。

メグミは、恐怖に戦く目で瓶をみつめた。

——だめ！

マダムが叫んだ。メグミは、ぶるぶる震える手を出して、小瓶をつかみかけた。

——と、その瞬間、真横からヒガの手がさっと伸びて、小瓶をつかんだ。そして、一気にそれを——飲み干した。

ああ……ああ、わああ——ッ！

叫び声を上げると、ヒガは椅子から滑り落ち、床の上にひっくり返った。全身がけいれんし、口からは嘔吐物が噴き出した。

メグミは金切り声を上げた。少佐は、いかにも面白いショーを見たとばかりに、大笑いした。ふたりの下士官も、少佐に合わせて笑い声を上げた。

——ヒガさん！　ヒガさん！　しっかりして、ヒガさん！

嘔吐物で汚れた床の上を転げ回るヒガにすがりついて、メグミは叫んだ。マダムが真っ青になって、カウンターの中から飛び出してきた。

――なんてことを……待ってて、すぐ民警察《CP》を呼んでくるから！

日本語で言って、外へ駆け出していった。下士官が、すぐさま少佐に何か耳打ちした。

少佐は、ふん、と鼻で嗤った。

――虫けらめが。……お前らは、どっちみち、生き延びる価値なんざないさ。

そう言い捨てると、床の上に、ぺっと唾を吐いた。そして、下士官たちを引き連れ、よろめきながら出ていった。

どこをどう走ったのかわからないほど、メグミは夢中でニシムイへと駆けていった。

血相を変えて帰ってきたメグミは、タイラの顔を見るなり、ヒガさんが……と泣き崩れた。

　タイラは、とりあえずナカムラとガナハに声をかけ、メグミとともに、夜の闇の中をがむしゃらにひた走って、牧志にたどり着いた。

　変わり果てた姿のヒガが、バーの床にごろりと横たわっていた。かろうじて、息があった。三人の男たちは、代わる代わるヒガをおぶって、どうにかニシムイへ連れ帰った。

　そして、朝がくるのを待って、タイラは再び、基地への道を一目散に駆けてきた。エドに知らせなければ、とにかく知らせなければ――と。

　私は、汚れて痩せこけたヒガの顔をみつめた。まぶたは、固く閉ざされていた。涙が、まなじりを伝って、耳を濡らし続けている。私は、ヒガの枯れ枝のような手を取って、強く握った。

「ヒガ、大丈夫だ。アルコールは、もう体内に残っていないよ。命は、あるんだ。助かったんだよ」

励ましているつもりだった。それなのに、自分の言葉の空しさに吐き気がした。

ヒガの手は、雨に濡れた小動物のように、小刻みに震えていた。口がわずかに開いて、ぱく、ぱく、と動いた。何か、言っている。タイラが、ヒガの上に覆い被さるようにして、口に耳を寄せた。

タイラの顔を暗雲がよぎった。体を起こすと、タイラは、うなだれて黙りこくった。

「……ヒガは、なんて言ってるんだ?」

聞きたくはなかった。けれど、聞かなければならなかった。

ヒガの心情を知り、せめて、心の目を開いてやらなければ。それが、私にできるたったひとつのことなのだから。

タイラは、ゆっくりと顔を上げた。そして、私の目を見て、かすれた声で言った。

「……殺してくれ……」

もう描けないなら……生きていく意味はない。

私は、目を凝らして、もう一度ヒガの顔を見た。

この涙は――。

視神経がやられたから、流れているんじゃない。

ヒガの心が、泣いているんだ。

絶望の涙――。

脳裡に、ヒル少佐のでっぷりした白い顔が浮かんだ。脂ぎった栄養過多の顔。白ブタそっくりの顔。卑しい笑い声までもが聞こえてくる。ヒガがのたうち、苦しむのを見物して、嘲り笑う声が。

突然、私は立ち上がった。画家たちが、いっせいに、私を見上げた。

「基地に帰って、院長にかけ合ってみる。眼科医を派遣してもらえるように。……それから……あいつに、面会する」

できる限り感情を抑えて言ったつもりだった。けれど、声が震えてしまった。腕も、足も震えていた。もう、自分を制御できそうになかった。

「待てよ」タイラも立ち上がった。

「あいつに会って、どうするつもりなんだ」

私は、黙っていた。メグミが、顔を覆っていた両手を解いて、私を見た。真っ赤に泣きはらした目。祈るような、まなざしだった。

私は、そのまなざしを振り切るように、アトリエを飛び出した。ポンティアックまで一気に駆けていって、運転席に飛び乗った。

「――エド！」

私の名を呼ぶ声がした。息を弾ませて、タイラが追いかけてきた。私は、キーを回してエンジンをかけた。

「待て。待てよ、エド。どうするつもりなんだ」

タイラが、車に近づきながら言った。私は、一瞬、タイラの目を見た。

切実な瞳。声なき声が、響いてくる。

――行くな。

私は、アクセルを踏み込んだ。赤い車体が、勢いよく走り出した。

「エド――っ！」

友の叫び声が、背後で遠ざかる。もう何も見えず、何も聞こえなかった。私は、燃え上がる火の玉になっていた。

私のポンティアックは、那覇基地の司令部に直行した。ゲートでヒル少佐のオフィスの場所を確認した。基地内速度を超えたスピードで、車は少佐のオフィスのあるコンクリートの建物の前に到着した。

キーも抜かず、荒々しく車のドアを閉めると、白衣の裾を翻して、私はずかずかと建物の中に入っていった。私がドクターであることを認めた警備兵が、次々に敬礼をした。

私は、ノックもせずに、少佐のオフィスのドアを開けた。

前室には秘書がいた。彼は、驚いて立ち上がった。

「誰だ。アポイントなしに、入室することは──」

立ちふさがろうとする彼を乱暴に押しのけると、私は、少佐がいる部屋のドアを思い切り開けた。

デスクの上にうつむいていた白い顔が、こちらを見た。その目に驚きが走り、何かを言おうと口を開けた瞬間、忌々しい顔に向かって、思いきり拳をぶち込んだ。

でっぷりと肥えた体が、派手な音を立てて、椅子ごと後ろ向きにひっくり返った。間髪を入れずに、私は、その体にまたがり、二度、三度、力の限り殴りつけた。白ブタの口もとが裂け、まぶたが腫れ上がって、血が噴き出した。殴り続けて、拳がひりひりし、感覚がなくなり、血まみれになった。けれどそんなことは、どうでもよかった。

どたどたと靴音がして、何人もの警備兵が部屋に押し寄せ、私を背後から羽交い締めにした。誰かが、何かを振り下ろした。金属が破裂するような鈍い音が、耳の奥に響いた。

ふっと暗くなった。スイッチが切れたように。──それっきり、私は気を失った。

軋んだ音を立てて、ゆっくりと、鉄網の戸が開いて、閉じた。

薄暗い独房の中にうずくまっていた私は、たったいま眠りから覚めたように顔を上げた。

目の前に立っていたのは、ウィルだった。白衣を着て、往診鞄を下げている。包帯を頭に巻いた私の姿を見ると、

「また派手にやらかしたもんだな」

呆れた調子で言った。

何と返したらいいものかと、私は途方にくれたが、

「すみません。……チームに、迷惑をかけました」

小声で詫びた。ウィルは、ため息をついた。

「理由はどうあれ、士官を、しかも少佐を殴ったんだ。『檻入《おり》り』は仕方がないな。あんたの精神鑑定は、おれが引き受けたよ」

鞄を開くと、問診票が挟まったバインダーと、ペンを取り出した。

まさか自分がモンキー・ハウスで精神鑑定されることになるとは。情けなさとおかしさが、同時にこみ上げた。

「あっちは全治一ヶ月だ。軽傷とは言えないな」

ウィルは、ペンを口にくわえて、蓋を外した。「患者」の名前と、自分の名前を問診

票に書き込むと、□《チェックボックス》を「×」印で埋めていき、「……異常なし」とつぶやいた。

「何があったかは聞かないでおく。おれは刑事じゃないしね。あっちも、あんたを告訴はしないと言ってるから……まあ、何か殴られる心当たりがあるんだろう」

警備兵の耳を気にしてか、声をひそめてウィルが言った。私は、肩すかしを食らった気分になった。

「意外です。……告訴されると、覚悟していました」

ウィルは、私の目をみつめて、言った。

「ここを出たら、まず、エセックス院長に礼を言いにいくんだな。取りあえず収まったのは、院長のおかげだ」

ヒル少佐はアルコール依存症で、専門外ではあるものの、信頼の篤いエセックス院長が彼のカウンセリングを担当していたという。となれば、少佐の悪行を多少なりとも把握しているのだろう。院長の取りなしで、少佐は告訴をあきらめたようだった。

院長を巻き込んでしまったことは、痛恨だった。しかし、同時に、これほどありがたく感じたこともなかった。私は、院長に心底感謝した。

「でもまあ、ただじゃ済まされない。……それは、わかってるよな？」

ウィルの問いに、私はうなずいた。ウィルは、私の表情の変化を観察しているようだったが、

「帰国命令が出た」

そう言った。

私は、夢の中で名前を呼ばれたかのように、ぼんやりとウィルをみつめ返した。

――帰国？

いや、違う。――事実上の強制送還だ。

そうか……あたりまえじゃないか。傷害事件を起こしたんだ。医師として、あるまじきことを。

このまま、基地にいられるはずがない。暴行しておきながら咎めがなければ、少佐の立場がなくなる。院長にも、チームにも、ばつが悪い思いをさせることになる。

帰国するほかに選択肢はない。――そういうことなのだ。

「いつ、ですか」

訊きながら、ああ、確かアランも同じことを訊いていたな、と思い出した。突然の帰国命令を、ウィルに言い渡された直後に。

「一週間後だ。正確に言えば、六日後。サンフランシスコへの貨物船が、次の火曜日に出るからな。それで帰国するようにとの指令だ」

「六日後……」

私は、言葉を失った。

脳裡に浮かんだのは、愛するマーガレットの顔でもなく、私の帰りを待ちわびる両親の顔でもなく、ニシムイの仲間たちの顔だった。

タイラ。……メグミ。

シマブクロ。ヤマシロ。ナカムラ。ガナハ。ナカザト。

それに――ヒガ。

帰国の直前まで、おそらく私は、この檻の中に留め置かれるはずだ。

もう、会えないだろう。――会いにいくことは、許されないだろう。

「実はな、エド。あんたには、この春にも帰国命令が出る予定だったんだ。それが二、三ヶ月早まっただけのことだよ。……一年半、よく勤めてくれた。礼を言うよ」

私は、自分でも滑稽なほど戸惑いながら、ウィルを見た。よほど情けない表情だったのだろう、「そんな顔するなよ」と、ウィルは私の肩を叩いた。

「あんたが気にしてる連中は……東第七ゲートの前で、きのうの夜から一晩じゅう、座り込んでたぜ」

――ゲート前に、自称「ニシムイの画家たち」が詰めかけています。

私が営倉に放り込まれた頃、ウィルのところに東第七ゲートの守衛から連絡が入った。

――総勢六名、全員男、英語を話す者がひとり、おります。その男は、今朝がた、ドクター・ウィルソンに面会を申し入れにきたのと同じ人物です。帰れと言ったのですが、エドに会わせてほしい、会うまでは帰らない、と言って、聞き入れません。民警察《CP》を呼んで、追い払いますか？

ウィルは、放っておくようにと守衛に言ったが、朝になって、再び守衛から連絡が入った。まだあの連中が粘っている、追い払えと司令室から言われたのでこれからCPを呼んで連行する、そのまえに一報入れたとのことだった。ウィルは、大急ぎでゲートに駆けつけた。

汗と埃まみれの薄汚れた顔をした、自称「ニシムイの画家たち」に、ウィルは初めて会った。

セイキチ・タイラは、物怖じせずに、ウィルと握手を交わし、流れるような英語で、エドはどうしているか、困ってはいないか、自分たちが力になれることはないかと尋ねた。まっすぐな、きらきらと輝く目をして。

このいかにも汚れて貧しげな沖縄人が、アメリカ陸軍のドクターの力になりたいと、堂々と申し出たことが、ウィルは無性におかしかった。そして同時に、静かに胸打たれた。

――エドは大丈夫だ。けれど、君たちがずっとここで粘っていると、むしろ彼の立場が不利になる。彼を助けたいと思うのなら、心配せずに、帰ってほしい。

ウィルの言葉に、画家たちは、文字通り胸を撫で下ろしていた。そして、何度も何度も頭を下げ、サンキュー、サンキューと口々に言って、ひとりひとり、ウィルと握手を交わし、ようやく帰っていったという。

遠ざかる六人の後ろ姿が、一瞬、見えた気がした。

たまらなく熱いものが、胸の奥深くからこみ上げてきた。

私は、思わず天井を仰いだ。涙がこぼれてしまいそうだった。けれど、泣き顔をウィルに見せたくはなかった。

ウィルは、何も言わずに私を見守っていたが、そういえば、と思い出したように付け加えたのだった。

——一度じっくり絵を見たいと思ってたからって、エセックス院長が、ニシムイに行ってみるってさ。

今日の勤務が終わってから……眼科のドクターを連れて。

一月も終わりの澄み渡った空に、高々と太陽が昇った。

確かに、真冬である。しかし気温は二十度近くあった。海から吹き渡ってくる微風は、どこまでも心地がよかった。

京都では着用したものの、ついに沖縄では一度も着ることのなかった軍支給のコートを、別送品の木箱に詰め込んだ。ほかには、勤務時の資料、医学書、ノート、スケッチブックなどを入れ、蓋をして、釘を打ちつけた。

手持ちのスーツケースには、衣類、母の手編みのセーター、マーガレットから贈られたマフラー――これらも結局一度も身につけなかった――それに、マティス、ゴーギャン、ゴッホの画集を入れた。

「そんなもん、持ってったら重いだろ。毎日見るわけでもないし、送りゃあいいのに」

私の荷造りの一部始終を眺めていたジョンが、口出しをした。まったく、彼はおせっかいだった。

「重くても、毎日見なくても、持ってるだけで安心するんだ」

私が言い訳をすると、

「聖書みたいなもんかね」と、テッドが横から言った。私は、「まあ、そうかもね」と苦笑した。

ニシムイで購入した作品のほとんどは、すでに実家に送り済みだった。手元に残していたのは、たった二枚の絵。――「エド・ウィルソンの肖像」、そして「画家の自画像」。どちらも、セイキチ・タイラが描いた傑作だった。

私は、この二枚の油絵を、それぞれグラシン紙で丁寧に包み、二枚の表面を合わせて木綿の布を被せ、麻紐でしっかりと固定した。スーツケースひとつと、二枚の絵。それが、私が帰国に際して持ち帰る所持品のすべてだった。

ポンティアックは、軍に没収された。――というよりも、私から進んで置いていくと申し出た。若気の至りで、図々しくも「必需品」として沖縄に持ち込んだ私の愛車は、せめてもの罪滅ぼしに――本音を言えば、私がここにいた証しとして――基地の医師たちに使ってもらうのがよい、と思ったのだ。

帰国の前日、私は、ポンティアックを水洗いし、ぴかぴかに磨き上げた。私を、この島のあちこちへと冒険に連れ出してくれた相棒。ニシムイに迷い込み、画家たちと出会えたのも、この車があってこそだった。

よく走ってくれたな、ありがとう。ワックスをかけながら、自然と車に語りかけていた。

すっかりきれいになった車の運転席に乗り込むと、私は、一番星が遠く輝く宵空を仰いだ。

首里の丘をひた走り、見知らぬ集落へと、私の赤い車はたどりついた。そこは北の森、芸術家たちがひそやかに棲息する場所、ニシムイだった。

私たちは、森の中で見知らぬ生き物に遭遇したかのように、はっとして、互いの顔をみつめ合った。

誰だ、あいつは？　見たこともないような、珍しい人間だ。

さあ、どうする。なんと声をかけよう？

いやいや、声をかけちゃだめだ。ひと声、発すれば、たちまち逃げてしまう。そっと近づいて、笑いかけよう。ゆっくり、ゆっくり、手を伸ばして、つかまえるんだ。

大きくてうつくしいトンボをみつけた少年のように、彼らの瞳はきらきらと輝いていた。きっと、私も同じ瞳をしていたことだろう。

私たちは、互いに、巡り合うとは夢にも思っていなかった。それなのに、巡り合ってしまった。

奇跡のような出会いの瞬間を思い出して、私は微笑した。

おかしなことに、彼らのことを思い出すと、自然と笑ってしまうような、それでいて涙がこみ上げるような、不思議な気持ちで胸がいっぱいになる。

絵が好きで、好きで、好きで、どうしようもなく好きで。

生きるために、ただ描いていた。ただ、描くために生きていた。

がむしゃらで、ひたむきで、格好悪くて――うつくしい。

ニシムイの画家たち。

描き続けてほしい。生き抜いてほしい。――このさきも、ずっと。

たとえ、もう二度と会えなくても。

「迎えがきました」

外で待機していたダミアンが、コンセットのドアを開けて声をかけた。私がスーツケースを持ち上げようとすると、「おれが持とう」と、ジョンが手を貸してくれた。鞄を彼に任せて、私は、布で包んだカンヴァスを脇にしっかり抱えると、表へ出た。

港行きの輸送車が到着していた。私は、ウィル、ジョン、テッド、ダミアン、それぞれと固く握手を交わした。

「元気でな。寂しくなるぜ。たまには手紙くれよ」テッドが言った。

「もちろん。君も知っての通り、僕は結構筆まめだからね」私は笑って返した。

「おれも、きっとすぐ帰ることになるさ。そしたら、ヴェニス・ビーチに遊びにきてくれ」とジョン。

「ありがとう。行くよ、必ず」心を込めて、私は応えた。

「短いあいだでしたけど、楽しかったです。研究論文がまとまったら、送ります。読んでくれますか」とダミアン。

「喜んで」私は微笑んだ。

ウィルは、私の手をしっかりと握って、まっすぐに私をみつめた。そして、言った。

「おれも、ようやく行ってみる気になったよ……ニシムイに」

それから、ほんの少し照れたような微笑を、口もとに浮かべた。

「ただし、絵を買うかどうかは、わからんがね」

私は、彼の目をみつめ返した。ウィルは、朝の光に、まぶしそうに目を細めていた。

「ありがとう、ウィル」

輸送トラックの幌付きの荷台には、帰国する兵士が何人か乗り込んでいた。いちばん後ろによじ上ると、私は振り返った。同僚たちが、一列に並んで、示し合わせたように、いっせいに敬礼をした。

トラックが走り出した。砂煙の向こうで、同僚たちが手を振っている。どんどん、遠ざかる。

手を振り続ける四人の姿は、やがて小さな四つの点になって、消えた。

たっぷりとした群青のさなかに、貨物船が静かに停泊している。

何台ものトラックが、せわしなく行き交っている。カーキ色のコンテナが、次々に積まれていく。輸送車から降りた兵士や軍属たちが、桟橋に一列に並んで、乗船者名を確認後、順次、船内へと乗り込んでいく。

船室へは行かずに、スーツケースを提げ、カンヴァスを脇に抱えたまま、私は、港を見渡す甲板へ出た。

まさかとは思いながら、桟橋付近に集まっている人々を確かめる。

ひょっとして、タイラがいるんじゃないか。メグミがいるんじゃないか。ニシムイの仲間たちが、来てくれているんじゃないか。淡い期待が心のどこかにあった。

しかし、当然のことながら、那覇港への一般人の立ち入りは禁止されている。彼らが桟橋に姿を現すはずなどなかった。

——君が次の定期便で帰国すると、私から、彼らに伝えておいたよ。

離任の挨拶と、有形無形の支援に対する心からの感謝を述べに、昨晩、私は、エセックス院長のもとに出向いた。

私が営倉に留め置かれているあいだに、院長は、眼科医を連れてニシムイを訪ねてくれた。ヒガを診察し、画家たちと会話を交わした。軍には内密に、一切の処置を引き受けてくれたのだ。

ヒガは、残念ながら、視力を取り戻すことは難しい、ということだった。しかし、院長は、私のメッセージを彼らに伝えた、と言った。もちろん、勾留されている私が友人たちへのメッセージを院長に託せるはずもなかったのだが、そういうことにしておいた、そのほうが彼らの胸に響くだろうから、と。

生き延びてほしい。この島が、真に解放される日まで。

院長は、そう伝えたという。

——彼らの顔が、一瞬、輝いて見えたよ。

院長は、静かに言った。

確かに見た、と。彼らの顔に、一筋の光が差すのを。

手すりにもたれて、私は、桟橋に集まった軍関係者や、基地で働く沖縄人、見知らぬ人々の顔に、ニシムイの仲間たちの顔を、ひとつ、ひとつ、思い出しながら、重ね合わせてみた。

——おれらに黙って行ってしまうようなことは、ないだろ？

クリスマスの日、突然、タイラが言った。少しさきの未来で私たちを待ち受けている別れを、予感したかのように。

——ああ、もちろんさ。……そんな帰り方は、しないよ。

少し戸惑いながら、私は応えた。

あのときの、タイラの祈るようなまなざし。

結局、タイラとの約束を破ってしまった。苦い思いが、胸の中に募った。

会いたかった。……もう一度。

出港の汽笛が鳴り響いた。私は、手すりに上体を預けて、ゆっくり、ゆっくり、船が港を離れていくのを眺めていた。

太陽が、真上に高く上がっていた。

静かな強さをもって、日光が緑の島を照らしている。群青の海はさんざめき、幾千万の魚たちがいっせいに飛び跳ねるように、白い波頭がちらちらと弾けている。

潮風に吹かれながら、私は、遠ざかる陸地の小高い丘を、緑豊かな「北の森」を探した。

ニシムイの森の果てで、タイラと私は、海を渡っていく貨物船を眺めていた。あの森は、どのあたりだろうか。

あの丘に、画家たちがいま、いるとしたら。

――私の船が見えるだろうか。

ふと、チカッと光る何かが、私の視界をかすめた。私は、目を凝らして、はるかな丘のあたりを眺めた。

チカッ、チカッ。光が明滅している。ひとつではない。いくつかの光。

なんだろう、あの光は。何かが、反射して……。

ひとつ……ふたつ……三つ……四つ……。

最初はゆっくりと。やがて、小鳥が羽ばたくように、いっせいに。

五つ……六つ……七つ。

七つの、小さな光。

はっとした。

私は、手すりから大きく身を乗り出した。

あれは、ニシムイのあたりだ。間違いない。

そして、あれは、あの光は——。

いつの日か、アランとともにニシムイを訪ねたとき。タイラが、手の中のコンパクトに日光を集めて、私たちの目をめがけて光を放ったことがあった。

——鏡。

そうだ、鏡だ。

自画像を描くためにと、私が、ニシムイのみんなに贈った、七つの鏡。それが、光を集めて、反射しているのだ。

私は、息をのんだ。

七つの光が、いっせいに、海に——船に向かって明滅している。輝きを放っている。去ってゆく、私に向かって。

「なんだ、あれ。何か光ってるぞ」

近くにいた兵士が、額に手をかざして言った。

光の点滅をみつけた人々が、どやどやと甲板に集まってくる。なんだあれは？　何かの信号か？　それとも——。

ニシムイの丘は、太陽を集めて、まばゆい光の棘を作っていた。それは、かすかな痛みを伴って、私の目を、胸を、冴えざえと刺した。

私は、遠ざかる光が見えなくなるまで、みつめていた。やがて、静かに目を閉じた。

――まぶしかったのだ。

それは、小さな光だった。ほんの一瞬のきらめきだった。

けれど、たとえようもなく、まぶしかった。

甲板に集まっていた人々は、海風に倦んで、やがてばらばらと船内へ戻っていった。

がらんとした甲板で、私は、ひとり、佇んでいた。布で包んだ二枚の絵を、しっかりと胸に抱きしめていた。どんなに強い向かい風にも、飛ばされぬように。

まぶたの裏に焼きついた光の棘を、その残像を、もうしばらくのあいだ、追いかけていたかった。

島影が、白くかすむ水平線の彼方へと消えてゆく。中空を過ぎた太陽が、湿った光を放ちながら、永遠のようにゆっくりと遠ざかってゆく。

主な参考文献・ホームページ

「美術館開館1周年記念展覧会　移動と表現　変容する身体・言語・文化」沖縄県立博物館・美術館　二〇〇九年
「美術館開館記念展　沖縄文化の軌跡　1872―2007」沖縄県立博物館・美術館　二〇〇七年
「戦後沖縄とアメリカ　異文化接触の五〇年」照屋善彦・山里勝己・琉球大学アメリカ研究会編　沖縄タイムス社　一九九五年
「コレクション　戦争と文学　第二十巻　オキナワ　終わらぬ戦争」長堂英吉ほか　集英社　二〇一二年
「それでも、日本人は『戦争』を選んだ」加藤陽子　朝日出版社　二〇〇九年
「沖縄　空白の一年　1945―1946」川平成雄　吉川弘文館　二〇一一年
「光源を求めて（戦後50年と私）」大城立裕　沖縄タイムス社　一九九七年
「狂った季節　戦場彷徨、そして――。」船越義彰　ニライ社　一九九八年
「写真記録　沖縄戦後史　1945―1998」沖縄タイムス社　一九九八年
「『戦争』が生んだ絵、奪った絵」野見山暁治　橋秀文　窪島誠一郎　新潮社　二〇一〇年
「すぐわかる沖縄の美術」宮城篤正監修　東京美術　二〇〇七年
「戦後をたどる『アメリカ世』から『ヤマトの世』へ」那覇市歴史博物館編　琉球新報社　二〇〇七年
「ことばに見る沖縄戦後史(1)(2)」琉球新報社編　ニライ社　一九九二年

「戦後の沖縄世相史―記事と年表でつづる世相・生活誌―」比嘉朝進　暁書房　二〇〇〇年
「沖縄の心を求めて」石田穣一　ひるぎ社　一九八四年
「沖縄の県民像　ウチナンチュとは何か」沖縄地域科学研究所編　ひるぎ社　一九八五年
「沖縄生活誌」高良勉　岩波新書　二〇〇五年
「新篇　辻の華」上原栄子　時事通信社　二〇一〇年
「エピソード沖縄人物図巻　でーじな人たち」しいさあ倶楽部編　ボーダーインク　一九九一年
「ほんとうは怖い沖縄」仲村清司　新潮社　二〇一〇年
「第四版　観光コースでない沖縄　戦跡／基地／産業／自然／先島」新崎盛暉　謝花直美　松元剛　前泊博盛　亀山統一　仲宗根將二　大田静男　高文研　二〇〇八年
「誰が太平洋戦争を始めたのか」別宮暖朗　ちくま文庫　二〇〇八年
「沖縄文化論　忘れられた日本」岡本太郎　中公文庫　一九九六年
「山之口貘　沖縄随筆集」山之口貘　平凡社ライブラリー　二〇〇四年
「ナツコ　沖縄密貿易の女王」奥野修司　文春文庫　二〇〇七年
「カンポーヌ　クェーヌクサー―沖縄　戦後の混乱から復興へ―」沖縄県平和祈念資料館編　編集工房東洋企画　二〇〇八年
「那覇市歴史博物館企画『沖縄戦展』戦後を生きる」那覇市歴史博物館　二〇〇九年
「沖縄の美術シリーズ3　沖縄近代彫刻の礎　玉那覇正吉―彫刻と絵画の軌跡」沖縄県立博物館・美術館　二〇一一年

「沖縄の美術シリーズ1　名渡山愛順展　名渡山愛順が愛した沖縄」沖縄県立博物館・美術館　二〇〇九年
「美術家たちの『南洋群島』」町田市立国際版画美術館／高知県立美術館／沖縄県立博物館・美術館　二〇〇八年
「情熱と戦争の狭間で―無言館・沖縄・画家たちの表現―」沖縄県立博物館・美術館　二〇〇八年
「笑う魚　金城次郎　生誕100年」那覇市立壺屋焼物博物館　二〇一一年
「新生美術　第2号」新生美術協会　一九八三年、「同第3号」一九八四年、「同第6号」一九八七年、「同第11号」一九九六年、「同第12号」二〇〇一年、「同第13号」二〇〇四年
「私家版　玉那覇正吉　作品集」玉那覇吉子発行　一九八五年
Painting to Live : Art and Artifacts From Okinawa's Nishimui Artist Society, Jane Dulay, M.D., Stanley Steinberg, M.D., Self Publishing by LuLu.com, 2008
The Steins Collect : Matisse, Picasso, and the Parisian Avant-Garde, San Francisco Museum of Modern Art, Yale University Press, 2011
「マレビト博物館」http://www2s.biglobe.ne.jp/~marebito/mroom/sansin/san12.html

協力
翁長直樹　豊見山愛　田島亜佐子

謝辞

本作は、サンフランシスコ在住の精神科医、スタンレー・スタインバーグ博士との出会いなくしては生まれ得なかった。本作執筆にあたり、数々の貴重な資料の提供と、また、博士が精神科医として一九四八年から五〇年まで沖縄アメリカ陸軍基地に勤務し、ニシムイ美術村の芸術家たちと交流した記憶のすべてを語っていただいたことに、深く感謝申し上げる。

同様に、スタインバーグ博士の教え子であり、自身も沖縄在住の体験を持つジェーン・デュレイ博士の協力にも感謝申し上げたい。スタインバーグ博士が大切に保存していたニシムイ・コレクションの展覧会を、初めて手掛けたのは彼女である。その展覧会がきっかけとなり、スタインバーグ博士のニシムイ・コレクションは、二〇〇九年、沖縄県立博物館・美術館へ里帰りを果たした。私は、奇しくもその展覧会を見た。そして物語が動き始めたのである。

沖縄県立博物館・美術館、ならびに玉那覇正吉氏のご長女・田村みどり氏からも、多大なるご協力をいただいた。心から感謝申し上げたい。

原田マハ

解説

佐藤　優

日本人が沖縄を題材とする小説を書くと、大抵の場合、破綻してしまう。一種のオリエンタリズムで過剰に美化された沖縄を描くか、あるいは広津和郎『さまよへる琉球人』のように、沖縄の理解者であろうとする著者が、無意識のうちに差別感情を持っていることが露見してしまい、日本人には消費されても沖縄人からは受け入れられない作品になってしまうからである。

この点、原田マハ氏の作品は、日本人小説家が沖縄を描く場合に踏みそうな地雷のそばを何度か通るのだが、上手にかわしている。その理由は3つある。

第1は、絵画という言語にせずに意思疎通ができる分野を選んだからだ。

第2は、占領下の沖縄に駐在した米国人軍医エドワード・ウィルソンの目を通じて沖縄と沖縄人について語るというアプローチをとったことで、沖縄人がもっとも感情を掻き立てられる存在である日本と日本人を自然に括弧の中に括り、作品の主要場面に登場させなかったからだ。

そして、もっとも重要な第3の点が、ニシムイ美術村に居住する画家のタイラら、太平洋戦争中、大日本帝国海軍航空本部に所属する従軍画家になって戦地を転々としていたために沖縄戦の体験を同胞と共有していなかった人々を取り上げたからだ。タイラたちは、戦後の日本にいても生活することはできたはずだ。しかし、米軍占領下で、沖縄人の人権も保全されず、生活のためには妻が米兵相手の売春に従事することすら起きうる沖縄に戻ってきたのは、強い自責の念からなのである。

沖縄戦を体験していない那覇出身の詩人・山之口貘は、こんな詩を残している。

〈　弾を浴びた島

島の土を踏んだとたんに
ガンジューイとあいさつしたところ
はいおかげさまで元気ですとか言って
島の人は日本語で来たのだ
郷愁はいささか戸惑いしてしまって
ウチナーグチマディン　ムル
イクサニ　サッタルバスイと言うと

島の人は苦笑したのだが
沖縄語は上手ですねと来たのだ〉
（高良勉編『山之口貘詩集』岩波文庫、2016年、102~103頁）

琉球語で「ガンジューイ」は「元気ですか」、「ウチナーグチマディン　ムル／イクサニ　サッタルバスイ」というのは「琉球語すらすべて戦争にやられたのか」という意味だ。戦前、琉球語の方言は、地域や島ごとに細かく分かれていた。確立した正書法の規則がないので、離れた地域間の人々が琉球語でコミュニケーションを取ることは難しい。そのために、アクセントとイントネーション、語彙のニュアンスも標準的な日本語とは異なる「ウチナー・ヤマトゥグチ」がリンガフランカ（コミュニケーションを取るための言語）として通用する。それに対する淋しさが行間から滲み出ている。

沖縄人にとって文化は、命と同じくらいたいせつだ。文化的なアイデンティティを失ってしまうと、沖縄人は沖縄人でなくなってしまうからだ。『太陽の棘』の中で、それがよく現れているのが以下の場面だ。

〈私は、顔を上げて、横たわるヒガの背後に張り巡らしてある画面をもう一度見た。
なんという、不吉な絵だろうか。

暗闇の中に浮かび上がる幾多の白い顔。空洞のような真っ黒い目が、いっせいにこちらをみつめている。物言わぬ視線が、じわじわと圧倒してくる。私は、息苦しくなって、思わず目を逸らした。

「なぜ、こんな絵を描くんだろうか、彼は」

私は、タイラに問うた。

「絵を買うのは、僕ら軍の人間だろう？　こんな暗い絵、誰も欲しがらないよ。君や、ほかの画家たちが描いているような、きれいで、明るくて、故郷への手みやげにもちょうどいいと思えるような絵でなくちゃ……」

突然、タイラが立ち上がった。私は、ぎくりとして、彼を見上げた。

タイラは、私をじっと見据えていた。いつもの好奇心に満ちた目ではなかった。冷たく燃える怒りの炎を宿した目だった。

「……帰ってくれ」

タイラが言った。冷えびえとした声だった。

「仲間を侮辱するやつは、誰であれ、許さない。いや、あんたは……ヒガを侮辱しただけじゃない。おれたちが信じている、いるものを、侮辱したんだ」

「タイラ、待てよ。落ち着いてくれ」私は、戸惑いながら立ち上がった。

「僕は、君の仲間を侮辱しようだなんて、これっぽっちも思っていないよ。ただ……生きていくためには、売れる絵を描くのは仕方がないことだろう？ 買い手に望まれるものを提供するのは、あたりまえの話じゃないか。だから……」

「黙れっ！」タイラが叫んだ。

「黙れ、黙れ、黙れ！ 知ったようなことを言いやがって！ おれが……おれたちが、どんなに苦しんで描いてるのか、知らないくせに！」

タイラは、床に転がっていた酒壺のひとつを取り上げると、壁に向かって投げつけた。〉（123～124頁）

日本における圧倒的少数派である沖縄人は忍耐強い。理不尽な状況に直面してもぐっと堪《こら》える。しかし、ある一線を越えると爆発する。ウィルソンには、タイラやヒガが沖縄戦で同胞が蒙った苦難を追体験するために沖縄に戻ってきたということがわからないのだ。ヒガが描く「暗闇の中に浮かび上がる幾多の白い顔。空洞のような真っ黒い目が、いっせいにこちらをみつめている。物言わぬ視線」は、沖縄人のアメリカ人と日本人に対する思いを端的に表しているのだ。こんな単純なことがウィルソンにはわからない。

もう一つ山之口貘の詩を紹介したい。

〈　不沈母艦沖縄

守礼の門のない沖縄
崇元寺のない沖縄
がじまるの木のない沖縄
梯梧の花の咲かない沖縄
那覇の港に山原船のない沖縄
在京三〇年のぼくのなかの沖縄とは
まるで違った沖縄だという
それでも沖縄からの人だときけば
守礼の門はどうなったかとたずね
崇元寺はどうなのかとたずね
がじまるや梯梧についてたずねたのだ
まもなく戦禍の惨劇から立ち上がり
傷だらけの肉体を引きずって
どうやら沖縄が生きのびたところは
不沈母艦沖縄だ
いま八〇万のみじめな生命達が

甲板の片隅に追いつめられていて
鉄やコンクリートの上では
米を作るてだてもなく
死を与えろと叫んでいるのだ〉

（前掲、『山之口貘詩集』133〜134頁）

ウィルソンには、自分がタイラとその同胞の沖縄人を不沈母艦に乗せているという現実を頭では理解している。しかし、皮膚感覚がそれについていかない。それだから、タイラとの軋轢が生じたのである。もっともタイラは、「ウィルソンが沖縄と沖縄人を理解できない」ということを理解している。その上で二人の友情は成り立っているのだ。原田マハ氏は、小説家の優れた才能と人間的な温かさにより、どんなに善意の人間であっても、理解できない事柄があることを明らかにした。私は日本人が書いた沖縄をテーマとする小説で『太陽の棘』がいちばん好きだ。

（作家）

初出　『別册文藝春秋』二〇一二年十一月号～二〇一四年一月号
単行本　二〇一四年四月　文藝春秋刊
DTP制作　萩原印刷

文春文庫

太《たい》陽《よう》の棘《とげ》

定価はカバーに
表示してあります

2016年11月10日　第1刷
2025年6月5日　第13刷

著　者　原《はら》田《だ》マハ
発行者　大沼貴之
発行所　株式会社 文藝春秋

東京都千代田区紀尾井町3-23　〒102-8008
TEL 03・3265・1211㈹
文藝春秋ホームページ　https://www.bunshun.co.jp

落丁、乱丁本は、お手数ですが小社製作部宛お送り下さい。送料小社負担でお取替致します。

印刷・TOPPANクロレ　製本・加藤製本
Printed in Japan
ISBN978-4-16-790726-6

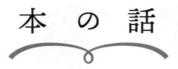